GLORIA TRUTNAU

Wie ich zum Flirt-Profi wurde – oder zur Chaos-Queen (wie man's nimmt)

WEITERE TITEL DER AUTORIN:

Viele Träume führen ans Ziel

Mein Herz weiß schon, was es tut

GLORIA TRUTNAU

WIE ICH ZUM Flirt-Profi WURDE – ODER ZUR CHAOS-QUEEN

(wie man's nimmt)

mit Illustrationen von

LAURA ROSENDORFER

one

NACHHALTIG PRODUZIERT

Die Bastei Lübbe AG verfolgt eine nachhaltige Buchproduktion. Wir verwenden Papiere aus nachhaltiger Forstwirtschaft und verzichten darauf, Bücher einzeln in Folie zu verpacken. Wir stellen unsere Bücher in Deutschland und Europa (EU) her und arbeiten mit den Druckereien kontinuierlich an einer positiven Ökobilanz.

FSC www.fsc.org MIX Papier | Fördert gute Waldnutzung FSC® C109273

Originalausgabe

Gloria Trutnau wird vertreten von der Literaturagentur erzähl:perspektive, München (www.erzaehlperspektive.de)
Laura Rosendorfer wird vertreten von der Agentur Christine Härle

Lektorat: Katharina Runden
Umschlaggestaltung: Laura Rosendorfer
Umschlagmotiv und Innenillustrationen: Laura Rosendorfer
Satz: Laura Rosendorfer
Gesetzt aus der Dolly Pro
Druck und Einband: Druk-Intro S.A.

Printed in Poland
ISBN 978-3-8466-0213-3

5 4 3 2 1

Sie finden uns im Internet unter one-verlag.de
Bitte beachten Sie auch luebbe.de

Für jede Person,
die es gerade braucht:
Du bist schön ♥

G.T.

Für die besten BFFs –
Ophelia & Nova.

L.R.

Hey du!

Freust du dich nach den Sommerferien auf die Schule? Ja?! Pffff … Guter Witz, jetzt hättest du mich beinahe reingelegt! Schule ist so gar nicht mein Ding. Ständig Klausuren, Referate und Gruppenarbeiten. Stress pur! Auch wenn ich zugeben muss, dass ich auf hohem Niveau meckere. Mit meinen besten Freund*innen Elif und Vincent ist alles nur halb so wild – mit ihnen überstehe ich jede noch so langweilige Unterrichtsstunde und jeden nervigen Lernnachmittag.

Mit Jungs habe ich allerdings nicht so viel am Hut. An meiner Schule sind leider keine hotten Typen unterwegs, daher bleibe ich vorerst lieber bei meinen Bookboyfriends und Celebrity-Crushes. Aber, wer weiß, wenn das neue Schuljahr beginnt, verirrt sich vielleicht doch ein cooler Junge an unsere Schule. Pssst! Das darf Vincent nicht hören, sonst muss ich ihm wieder versichern, dass er hot und cool zugleich ist – aber er ist halt nur mein bester Freund, da achte ich auf so was doch nicht … oder?!

BLÄTTER UM, UND *erfahre*,
WAS DICH IN *diesem* BUCH
ALLES *erwartet*!

*Viel Spaß beim Lesen &
Ausprobieren wünscht dir*

Juli

INHALT

Et voilà –

DAS BIN ICH!

WER BIST *du*? WAS MACHT *dich* AUS?
HIER HAST DU PLATZ, DIE WICHTIGSTEN
Facts ÜBER DICH ZU NOTIEREN.

AUSGEFÜLLT AM 28.6.2024

NAME/SPITZNAME Julia / Juli

GEBOREN AM, IN 2.7. in München

STERNZEICHEN Krebs

AUGENFARBE Blau

HOME BASE mein Zimmer

WENN ICH EIN TIER WÄRE, WÄRE ICH eine Katze (ich beobachte gerne ☺)

♥

-mensch(en) meine Familie, Elif + Vincent

-lied SHAKE IT OFF von Taylor Swift

-film Chroniken von Narnia

-buch ALLE epischen Fantasy-Geschichten!

LIEBLINGSESSEN ALLE Kürbisgerichte

LIEBLINGSGETRÄNK Tee & Kakao (zwingt mich nicht, mich zu entscheiden!)

LIEBLINGSSPORT NICHT Joggen

LIEBLINGSSPRUCH
(aus Filmen, Songs, Büchern oder dem echten Leben) Bin nicht so der Sprüche-Typ

love love love love love love love

LieblingsFACH NICHT Mathe, NICHT Biologie. Vermutlich ... Deutsch?

DAS mag ICH AN DER SCHULE AM MEISTEN FERIEN

WAS ICH MAL werden WILL Gute Frage, nächste Frage!

DAS MACHE ICH, UM ZU entspannen Lesen und mit Elif Serien durchsuchten

DU BIST DER Main-CHARACTER IN DEINER EIGENEN Geschichte!

1. Kapitel

*Wenn Schule plötzlich interessant wird,
liegt es meistens nicht am Matheunterricht*

ELIF

Sorry, ich kann heute nicht kommen.

Meine Motivation erreicht einen neuen Tiefstand, als ich die Nachricht meiner besten Freundin Elif lese.

»Bitte nicht«, stöhne ich leise und tippe eine schnelle Antwort.

ICH

Was ist los?

Nur fünf Sekunden später ploppt ihre Erklärung auf dem Handydisplay auf.

ELIF

Hab meine Tage. Bauchschmerzen kicken richtig.

Ich seufze, wünsche ihr eine gute Besserung und lege das Handy dann auf den Esstisch. Der Kakao, der mir aus einer weißen bauchigen Tasse, bedruckt mit einem gelben Smiley, entgegenblickt, könnte mich in diesem Augenblick nicht mehr verhöhnen.

»Jetzt zieh doch nicht so ein Gesicht.« Meine Mama blickt mich über die Kücheninsel hinweg an, während sie mir ein Pausenbrot schmiert. Das erste nach den Sommerferien. Yay. »Sei doch froh, dass du noch zur Schule gehst. Glaub mir, wenn du erst mal arbeitest, wirst du dir diese Zeit zurückwünschen.«

Dieser Spruch ... Ich weiß nicht, was ich mir wünschen werde, wenn ich in ein paar Jahren ins Arbeitsleben starte, aber eines weiß ich ganz sicher: Ich werde die Schulzeit nicht vermissen, denn ich hasse es, mich jeden Tag mit Dingen auseinanderzusetzen, die mich nicht interessieren, und von denen ich das Wenigste wirklich irgendwann für mein Leben brauchen kann.

»Was bringt es mir, von irgendwelchen Eiskugeln das Volumen zu berechnen?«, frage ich deshalb mit hochgezogenen Augenbrauen. »Ich will die Dinger einfach nur essen, mehr nicht.«

»Hm«, macht Mama nur. So antwortet sie immer, wenn ich recht habe, sie es aber nicht zugeben will. Dafür stiehlt sich ein leichtes Lächeln auf ihre Lippen. Es wäre lustig, wenn es nicht so verdammt frustrierend wäre ... »Nur noch ein Jahr, dann kannst du selbst entscheiden, was du aus deinem Leben machen möchtest«, beschwichtigt sie mich und wickelt das Tomate-Mozzarella-Sandwich in ein Bienenwachstuch.

Ich grunze eine unverständliche Antwort, weil ich es für den falschen Zeitpunkt halte, am Küchentisch eine Grundsatzdiskussion zum Thema *»Woher soll ich wissen, was ich aus meinem Leben machen möchte?«* zu beginnen. Stattdessen greife ich mit beiden Händen nach der grinsenden Tasse und nehme zwei große Schlucke Kakao. Die warme süße Flüssigkeit breitet sich auf meiner Zunge aus und tröstet mich für einen Moment darüber hinweg, dass ich den ersten Schultag der zehnten Klasse alleine durchstehen muss.

Nur noch ein Jahr. Nur noch ein Jahr, dann ... ja, was dann? Zumindest ist dann die Realschule vorbei, mehr aber auch nicht.

Ich seufze schwer und stemme mich vom Esstisch hoch. Bevor ich unter die Dusche springe, muss ich noch schnell meinen Rucksack packen. Zwar hatte ich mir das ganz fest für gestern vorgenommen, aber letztendlich wurde mein Plan von einem Serienmarathon durchkreuzt. Wenn mich eine epische Fantasy-Verfilmung in den Bann zieht, dann müssen lästige Verpflichtungen auf unbestimmte Zeit verschoben werden. Klaro, oder?

In Windeseile sammle ich Notizbücher und Federmäppchen zusammen und werfe sie achtlos in die Schultasche. Zumindest heute bleibt mir das schwere Gewicht der Bücher noch erspart. Danach dusche ich, wasche mein Gesicht und creme es ein. Zwar habe ich von besagtem Serienmarathon und der logischen Konsequenz einer kurzen Nacht dunkle Schatten unter den Augen, aber ich denke gar nicht daran, sie mit Mamas Concealer zu verdecken. Ich gehe in die Schule, warum sollte ich mich da zurechtmachen?

»Tut mir leid, Elif sitzt hier. Sie ist heute krank«, erkläre ich Vincent mit entschuldigender Miene, als er fragend auf den Platz neben mich blickt. Ich mag Vince, wir sind sogar ziemlich gut befreundet, aber niemals würde ich jemanden den Platz von Elif anbieten – ich habe ihr versprochen, ihn mit meinem Leben zu verteidigen, so wie das beste Freundinnen eben machen.

Es ist fünf vor acht, und im Klassenzimmer herrscht ein fröhliches Summen vieler aufgeregter Stimmen. Wer sich in den Sommerferien nicht gesehen hat, erzählt sich nun begeistert, welche Urlaube gemacht wurden und wie wenig oder viel Zeit man in das Lesen von Schulbüchern investiert hat.

Ich lehne mich auf meinem Holzstuhl nach hinten, dorthin, wo Vincent nun seinen Platz gefunden hat. »Nicht eine Sekunde habe ich in so ein blödes Buch geschaut«, lasse ich ihn mit hochgezogenen Augenbrauen wissen. »Ich weiß gar nicht, warum das manche Lehrkräfte erwarten. Dann können sie uns die Ferien auch gleich streichen.«

Vince nickt. »Das kannst du laut sagen.« Dann blickt er an mir vorbei. »Oh, oh«, macht er. »Ich glaube, Elifs Platz ist in Gefahr.«

Ich runzle die Stirn und wende mich um. Herr Müller, unser Klassenlehrer, hat den Raum betreten. Seine abgewetzte braune Ledertasche liegt bereits auf dem Pult, und sein Blick gleitet durch das Klassenzimmer. Suchend.

Vor ihm, den Rücken mir zugewandt, steht ein Schüler. Auch wenn ich sein Gesicht nicht erkenne, bin ich mir sehr sicher, dass er neu sein muss.

Dann bleibt Herr Müllers Blick auf dem freien Stuhl neben mir hängen.

Nein, Herr Müller. Schauen Sie wieder weg! Ich bin kein Auffangbecken für den Neuen!

Doch Vincents und meine Befürchtungen bewahrheiten sich. »Du kannst dich gerne neben Juli setzen.« Unser Lehrer nickt zu mir.

Verärgert hebe ich die Hand, bereit, Herrn Müller zu erklären, dass er diesem fremden Jungen einen anderen Platz suchen muss. »Herr Müller, ich ...«

Der Neue dreht sich um, blickt mir direkt in die Augen, und ich ... ich vergesse, warum ich meine Hand erhoben habe und welche Worte mir gerade noch auf der Zunge lagen.

Der Junge sieht gut aus. Ich meine nicht nur gut, sondern verdammt gut. Seine halblangen dunkelbraunen Haare fallen ihm lässig in die Augen, und ein Skateboard klemmt zwischen seinem Arm und der Hüfte. Sein schwarzes T-Shirt ist mit einer Herzlinie bedruckt, auf der ein Skater seinen Trick vollführt.

»Ja, Juli?« Herr Müller reißt mich aus meiner Trance. »Was wolltest du sagen?«

»Ich ... ich ...« Mein Blick folgt dem Jungen, als er seinen Rucksack von den Schultern gleiten lässt und sich neben mich setzt. *Auf Elifs Platz.*

Oh nein! Elif wird sicher total enttäuscht sein. Andererseits ... Sie sitzt lieber vorne, nicht in der dritten Reihe, weil sie – im Gegensatz zu mir – alles aufsaugt, was man uns hier in der Schule beibringen möchte. Und da ist noch ein Platz frei. Vielleicht findet Elif es also gar nicht so schlimm?

»Hi, ich bin Nils«, stellt sich der Junge vor, und seine dunklen Augen strahlen mich an, blenden förmlich meine Gedanken aus.

»Juli?«, fragt Herr Müller, mittlerweile sichtlich irritiert.

»Ich … muss aufs Klo«, stottere ich, und Hitze schießt mir in die Wangen.

»Du musst dich nicht abmelden, wenn du auf die Toilette möchtest«, stellt mein Lehrer klar.

»Ich weiß«, murmle ich, springe auf und verlasse hastig und unter Gelächter den Raum.

Meine Blase ist leer, trotzdem bleibt mir jetzt nichts anderes übrig, als das Mädchenklo aufzusuchen. Der Schulgong ertönt, als ich die Toilettentür aufstoße. Immerhin ist außer mir niemand hier, und so trete ich zu den Waschbecken und werfe einen Blick in den Spiegel.

Ein ganz großer Fehler, wie sich nur eine Sekunde später herausstellt. Während sich gerade eben ein mysteriöser neuer Mitschüler neben mich gesetzt hat, der aussieht, als könne er die heiße Hauptfigur einer Fantasy-Serie verkörpern, wirke ich wie das unscheinbare Mauerblümchen von nebenan – natürlich mit Augenringen. Hätte ich mich lieber doch für Concealer entschieden! Aber wie hätte ich damit rechnen können, dass mein Aussehen heute gefragt ist? In der Schule mit all den langweiligen Jungs, die ich schon jahrelang kenne?

Über Kopf versuche ich meinen mausbraunen Haaren etwas Volumen zu verleihen. Wenn ich sie – so wie gestern Abend – an der Luft trocknen lasse, dann sind sie platt wie Pfannkuchen. Und nein, ich meine nicht die japanischen fluffigen Pfannkuchen – ich meine die Pfannenkuchen, die meine Oma sonntags immer macht, bestrichen mit Nutella oder Marmelade. Hastig wuschele ich mir wieder und wieder durchs Haar, auch wenn ich ganz genau weiß, dass der Effekt vielleicht eine Minute halten wird, aber ganz sicher nicht den gesamten Schultag.

Als ich einen erneuten Blick in den Spiegel wage, werden meine Befürchtungen bestätigt. Meine Haare sind immer noch platt, dafür nicht mehr ordentlich gekämmt, sondern sie wirken vielmehr so, als hätte ich einen kurzen Abstecher mit einem Cabrio unternommen – natürlich mit offenem Verdeck.

Ich rümpfe die Nase, und ein Kloß setzt sich in meinem Hals fest. Warum kann ich nicht so voluminöses Haar haben wie Elif? Warum nicht so reine Haut wie Vince? Ein dumpfer schwerer Laut der Frustration befreit sich aus meinem Inneren, und erschrocken prüfe ich mit einem Blick über die Schulter nochmals, ob ich wirklich die einzige Person im Toilettenraum bin. Auch wenn ich noch stundenlang in diesen blöden Spiegel starren und ihm stumm mein Leid klagen könnte, muss ich schnell wieder zurück in den Unterricht. Sonst denkt die Klasse noch, ich hätte irgendein Darmproblem.

2. Kapitel

Die Lösung all meiner Probleme!
Bestimmt. Hoffentlich …

»Ich muss dir etwas gestehen.« Elif und ich sitzen im Schneidersitz auf ihrem Bett. Die Haare meiner Freundin stehen wirr vom Kopf ab, so wie sie bei mir auch immer aussehen, wenn ich den ganzen Tag krank im Bett gelegen habe.

Sie drückt sich eine Wärmflasche gegen den Bauch, und ihre Augen werden ganz groß und rund. »Ist es schlimm?«

Elif wohnt nur einen fünfzehnminütigen Fußweg von mir entfernt, sodass ich gleich nach dem Mittagessen zu ihr gegangen bin, um ihr die Schulmaterialliste mitzubringen und den neuesten Gossip zu erzählen. Aber obwohl ich ihr schon seit zwei Stunden Gesellschaft leiste, habe ich mich bis jetzt nicht getraut, ihr von meinem neuen Tischnachbarn zu erzählen. Doch ich muss bald nach Hause, und wenn Elif erst morgen im Klassenzimmer erfährt, dass nun ein heißer Unbekannter auf ihrem Platz sitzt, kann ich mir den Preis für die schlechteste Freundin abholen. Nominiert bin ich nach der heutigen Aktion jedenfalls sowieso schon.

»Na ja«, sage ich und beiße mir auf die Lippen. »Also es ist irgendwie eine gute und eine schlechte Nachricht.«

Elif strafft die Schultern.

»Die gute Nachricht ist: Du kannst dieses Jahr endlich in der ersten Reihe sitzen. Das wolltest du doch immer, oder?«

Sie stutzt. »Echt? Cool! Aber du wolltest doch nie auf die Bühne gezogen werden.« Sie unterstreicht ihre Worte mit Gänsefüßchen. »Ich dachte, du reservierst uns wieder einen Platz in der dritten Reihe. So wie immer.«

Ich atme tief durch. »Damit kommen wir zur schlechten Nachricht. Ich ... ich sitze in der dritten Reihe.«

»Da komm ich jetzt nicht mit«, meint Elif verwirrt.

»Herr Müller ist schuld!«, stelle ich hastig klar. »Er hat einfach einen neuen Schüler auf deinen Platz gesetzt. Echt, ich hab alle, die auch nur in die Nähe deines Platzes gekommen sind, sofort weggescheucht. Aber gegen einen Lehrer kommt man nicht an.«

Elif schiebt die Unterlippe vor. »Oh nein, Juli! Wir haben doch bis jetzt immer zusammengesessen. Wie soll ich den Unterricht nur ohne dich durchstehen?«

»Ich weiß, mir geht es doch nicht anders!«, gestehe ich ihr wahrheitsgemäß und fühle mich trotzdem wie die größte Heuchlerin. Ich hätte Herrn Müller sagen müssen, dass Elif neben mir sitzen wird. Wie jedes Jahr. Aber nein, ich musste ja unbedingt die Stimme verlieren, als Nils mich mit seinen dunklen Augen gemustert und sich mir mit einem leichten Lächeln vorgestellt hat.

Nils. *Nils.*

Bei der Erinnerung an seine raue Stimme macht sich ein merkwürdig flattriges Gefühl in meinem Bauch bemerkbar. Stopp, was ist nur los mit mir?!

»Na ja, zumindest bin ich in der ersten Reihe. So schlecht finde ich das wirklich nicht. Das Zeugnis ist extrem wichtig, weil wir uns damit für Ausbildungsplätze bewerben müssen.« Elif runzelt die Stirn. »Hoffentlich ist der Neue keine Labertasche und hält dich vom Lernen ab.«

»Nein, nein«, sage ich hastig und mit einer wegwerfenden Handbewegung. »Er ist recht still.«

Tatsächlich war Nils den ganzen Schultag über schweigsam. Aber es schien so, als wäre er nicht aus Schüchternheit still. Ich glaube eher, dass er es einfach nicht für nötig hielt, zu sprechen. Nils ist einfach so cool … Er hat sich von mir nur erklären lassen, wo sich die Turnhalle befindet und auf meine Frage (ich habe mich bemüht, sie betont beiläufig klingen zu lassen) kurz angerissen, warum er die Schule gewechselt hat. Seine Familie ist aus dem Norden nach München gezogen, weil seine Mutter hier ein Jobangebot erhalten hat. Eine einfache Begründung, auch wenn sie mit seiner rauen Bad-Boy-Stimme wie eine Ausrede geklungen hat, um den wahren mysteriösen Grund seines Umzugs und seine dunkle Vergangenheit zu verheimlichen. Okay, ich habe ganz offensichtlich zu viele Bücher gelesen und Serien verschlungen …

»Na, immerhin.« Elif nickt zufrieden, für sie ist das Thema damit abgehakt.

Doch eine leise Stimme in meinem Kopf flüstert mir zu, dass das Thema für mich gerade erst begonnen hat.

Am nächsten Morgen stehe ich eine halbe Stunde früher auf, um meinen Augenringen den Kampf anzusagen. Während ich also vor dem Spiegel im Badezimmer stehe und mit Concealer die dunklen Schatten verdecke, fällt mir die Ironie meines Plans auf. Sollte man nicht eher länger schlafen, um den Augenringen den Kampf *wirklich* anzusagen?

Meinen Haaren versuche ich mit Trockenshampoo und Schaumfestiger Volumen zu verleihen. Doch je verzweifelter ich werde, desto wirrer werden meine Haare. Irgendwann binde ich sie seufzend zu einem Pferdeschwanz zusammen und mache mich missmutig auf den Weg in die Schule. Projekt gescheitert.

Nils ist noch nicht da, als ich meinen Rucksack neben meinen Tisch gleiten und mich auf den harten Holzstuhl fallen lasse.

»Guten Morgen«, begrüßt mich Vince und lächelt mir vom Platz schräg hinter mir zu. Sein Deutschbuch sowie Block und Federmäppchen liegen schon erwartungsvoll bereit.

»Hi«, entgegne ich, und trotz meiner bereits sehr strapazierten Nerven kann ich nicht anders, als zurückzulächeln. »Hast du den ersten Schultag gut überstanden?«

»Du nicht?«, stellt er die Gegenfrage. »Nach sechs Wochen Ferien bin ich startklar fürs neue Jahr. Ich freue mich sogar drauf.«

»Sehr motiviert«, kommentiere ich seine Positivität und bücke mich, um ebenfalls Block und Stifte aus meinem Rucksack zu fischen. »Ich wünschte, ich könnte dasselbe sagen. Aber für mich können Ferien nicht lange genug dauern.«

Als ich eine Bewegung neben mir wahrnehme, richte ich mich schnell wieder auf und stoße dabei mit meinem Kopf an die Tischplatte.

»Shit«, fluche ich leise und lege mir die Hand schützend auf die Stelle, wo der Schmerz pocht.

»Hast du dir wehgetan?« Nils schiebt sich neben mich auf seinen Stuhl und sieht mich prüfend an.

Sofort stellt mein Gehirn seinen Support ein, sodass meine Befehle nicht oder nur in minimierter Form an meinen Körper gesendet werden. Anstatt mit klarer Stimme die Wahrheit zu sagen, schüttle ich nur verlegen den Kopf. Hitze steigt in meine Wangen und sorgt dafür, dass ich noch unsicherer werde.

Zwei Reihen vor mir dreht sich in dem Augenblick Elif auf ihrem Platz um. Sie schiebt die Unterlippe nach vorne und formt mit ihren Fingern ein Herz, was so viel heißen soll, wie: Ich vermisse dich. Dann gleitet ihr Blick zu meinem Sitznachbarn. Mir entgeht nicht, dass sie ihn länger als notwendig betrachtet, doch als unsere Deutschlehrerin Frau Novak den Raum betritt, dreht Elif sich schnell wieder nach vorne, den Kugelschreiber gezückt und sofort bereit zum Mitschreiben.

Mir hingegen gibt das Auftauchen meiner Lieblingslehrerin kurz Zeit, mich zu fangen und tief durchzuatmen. Ich muss wirklich an einer Strategie arbeiten, damit Nils mich cool findet.

Frau Novak begrüßt uns mit einem breiten Lächeln. »Ich freue mich, dass ihr alle wohlbehalten aus den Ferien zurückgekehrt seid. Ich wurde vom Veranstaltungskomitee gebeten, diese Flyer zu verteilen.« Sie hebt einen bunt bedruckten Stapel Papier in die Höhe. »Die Planungen für die alljährliche Halloween-Party sind bereits in vollem Gang, und sollte jemand helfen wollen, kann er oder sie sich gerne im Sekretariat melden.«

»Sorry, kein Bedarf«, kommentiert Ahmet ihre Worte in der hintersten Reihe, und einige Lacher folgen.

Frau Novak zieht die Augenbrauen nach oben. »Wenn ich mich erinnere, warst du bisher auf jeder Party dabei, ohne dich an den Vorbereitungen zu beteiligen. Ich gebe gerne im Sekretariat Bescheid, dass du etwas zum Buffet beisteuern wirst.«

Grummelnd verschränkt Ahmet die Arme vor der Brust.

Ich rutsche auf meinem Stuhl ein paar Zentimeter nach unten, denn ich fühle mich ebenfalls ertappt. Auch ich halte mich bei Planungen gerne raus, weil mir meine Freizeit fast ein wenig zu schade dafür ist. Aber ich feiere natürlich immer gerne mit.

Die restliche Stunde vergeht im Schneckentempo. Wir lernen nichts Neues, sondern wiederholen die Themen vom Ende des letzten Schuljahres. Statt Grammatikregeln hätte ich lieber eine Gedichtanalyse gemacht – zumal auf dem Lehrplan für dieses Jahr einige meiner Lieblingsgedichte stehen.

Als es endlich läutet, packen wir unsere Sachen und machen uns auf den Weg ins Klassenzimmer für Biologie im Erdgeschoss.

Elif hakt sich bei mir unter. »Du hast vergessen mir zu erzählen, wie heiß der Neue aussieht.«

Ich verkneife mir ein Grinsen. »Ist mir gar nicht aufgefallen.«

Sie verdreht die Augen und stupst mich an der Schulter. »Du bist eine schlechte Lügnerin. Jetzt weiß ich, warum du meinen Stuhl so großzügig hergegeben hast.«

Hektisch blicke ich mich um, aber Vince ist außer Hörweite. Er redet mit Nils und lacht, als dieser ihm gerade etwas auf seinem Handy zeigt.

»Nein, so war das … nicht.«

Ihr Mund klappt auf. »Du wirst ja ganz rot! Kann es sein, dass du auf ihn stehst?«

»Pfff«, mache ich nur und spüre die Hitze in meinen Wangen.

Elifs Augen blitzen erfreut. »Wäre das nicht total aufregend, wenn aus euch was wird?«

Ich lache auf, schaue nach links und rechts, aber unsere Mitschülerinnen und Mitschüler sind selbst in Gespräche vertieft, sodass es glücklicherweise keine heimlich Lauschenden gibt. »Ja, vielleicht.

Aber wir haben bisher nur ein paar Worte gewechselt, also ist es für solche Zukunftsvisionen noch etwas früh.«

Sie hebt den Zeigefinger. »Besser früher als später. Sonst schnappt ihn sich noch jemand anderes.«

Unsere Biologielehrerin öffnet das Klassenzimmer und winkt uns herein.

»Wollen wir heute Nachmittag noch ins Café?«, schlägt Elif vor, als wir uns mit den anderen durch die Tür drängen.

»Klar, gerne!« Doch mit meinen Gedanken bin ich bei ihren vorherigen Worten.

Nils und ich.

Auch, wenn ich ihn sehr gerne mag, habe ich mich noch nicht getraut, meinen Wunsch zu Ende zu denken und in Betracht zu ziehen, dass aus uns wirklich etwas werden könnte. Ich bin eher die Aus-der-Ferne-Schwärmerin, ohne irgendetwas zu erwarten.

Im Bioraum sind die Tische anders angeordnet, sodass Elif und ich uns einen Tisch in der ersten Reihe aussuchen. Verstohlen lasse ich den Blick durch die Klasse schweifen und entdecke Nils neben Vince in der dritten Reihe. Offensichtlich scheinen sich die beiden gut zu verstehen, und ich freue mich, dass Nils schnell Anschluss findet. Während ich nach hinten starre, fängt Vince meinen Blick auf und lächelt. Tomatenrot wende ich mich ab.

Der restliche Schultag zieht sich wie Kaugummi, aber die Aussicht auf einen Freundinnen-Nachmittag mit Elif in unserem Lieblingscafé hellt meine Stimmung auf. Doch pünktlich zum Schulschluss werden wir von einem Regenschauer überrascht. Um nicht pitschnass zu werden, flüchten wir uns in einen kleinen überfüllten Kiosk. Offensichtlich sind wir nicht die Einzigen, die ihren Regenschirm vergessen haben, denn auch die dünnen Übergangsjacken der anderen Besuchenden tropfen verdächtig.

Während Elif sich durch den engen Gang drängt, um sich an der Kasse Gummibärchen zu kaufen, bleibe ich unschlüssig neben den Teenie-Magazinen stehen. Auf den Covern sind berühmte Persönlichkeiten abgedruckt, und die effektheischenden Schlagzeilen verweisen auf die größten Geheimnisse, Ängste und Erfolge der Stars. Diese Berichte interessieren mich wenig, vor allem weil das meiste davon gar nicht stimmt.

Doch als mein Blick über ein besonders buntes Cover gleitet, ist meine Aufmerksamkeit plötzlich gepackt. Ein weißes Mädchen mit langen glänzenden braunen Haaren strahlt mich an, und ich erkenne sie sofort. Ella ist eine der wenigen Influencerinnen, denen ich auf TikTok folge. Schon als kleines Kind wollte ich immer eine große Schwester haben, und Ella wäre für mich die Traumbesetzung für diesen Posten. Sie ist nicht nur wunderschön, sondern auch lustig, selbstbewusst und klug. Ich schaue mir ihre Videos immer gerne an, weil sie für jede Lebenslage ein paar Tipps bereithält, und wenn ich mal Stress mit meinen Eltern habe, dann lenke ich mich mit ihren Daily Vlogs ab. Dass Ella nun auf dem Cover der *GirlPower* gelandet ist, war nur eine Frage der Zeit.

Mein Blick wandert auf die große Überschrift unter ihrem Foto, und mir klappt der Mund auf.

Influencerin Ella verrät ihre Geheimnisse!

Du willst ihn erobern? Mithilfe dieser 5 Tipps wickelst du deinen Crush um den Finger!

Für einen Moment frage ich mich, ob die Geheimdienste mittlerweile auch Gedanken abhören können, aber dann rufe ich mir in Erinnerung, dass die Behörden bestimmt wenig Interesse an den verzweifelten Wünschen eines fünfzehnjährigen Mädchens haben. Aber was ist das bitte für ein komischer Zufall? Ich brauche Hilfe, und plötzlich ist Ella da – die Person, der ich komplett vertraue, obwohl ich sie noch nie getroffen habe. Nein, das ist kein Zufall. Das ist ein Zeichen!

»So, wir können gehen.« Elif tritt neben mich und deutet auf ihre kleine schwarze Umhängetasche.

»Ich kauf mir die«, sage ich aufgeregt und greife nach der Antwort auf all meine Fragen. Eine Antwort, die stolze vier Euro kostet – aber die sind es mir mehr als wert.

Elif mustert die Zeitschrift und grinst schelmisch. »Oh, ich denke, ich weiß, was du vorhast!«

»Nur als Anregung«, nuschle ich verlegen.

»Ich find's super. Richtige Girl Power eben!« Sie schnappt sich das Heft. »Los, schauen wir den ersten Tipp an.«

Ich lache aufgedreht, Tatendrang durchflutet meine Adern, und die Unsicherheit wird für einen wunderbaren Moment verdrängt. »Warte, ich muss die Zeitschrift doch noch bezahlen!«

Eine Viertelstunde später sitzen wir mit zwei Hot Chocolates im *Good Vibes* und blättern eifrig durch die Seiten.

»Da ist es«, sage ich aufgeregt, als uns Ella entgegenlächelt. Ihre Zähne sind makellos weiß – nicht leicht gelb, so wie meine. Ihre Haare glänzen, und lockere Wellen umspielen ihr spitzes Kinn. Sie hat lange geschwungene Wimpern, und ihre Haut ist ebenmäßig. Keine Spur von roten Äderchen um die Nase – so wie bei mir. Sie hat keine Brille, die ihre Augen kleiner wirken lässt und Druckstellen verursacht – so wie bei mir. Das alles und noch viel mehr macht sie perfekt. Ja, ich bin neidisch auf ihr Aussehen, aber ich missgönne es ihr nicht – ich wäre einfach nur gerne genauso schön wie sie.

Mein Blick fliegt nur so über die nächsten Zeilen:

> Mit diesen Tipps von Star-TikTokerin Ella wirst du jedes Herz höherschlagen lassen! Halte dich an den Plan, und Mr. Right wird dir aus der Hand fressen …

»Hä, vielleicht geht's hier aber auch um Miss Right?! Pfff, ein bisschen mehr Queerness würde ihnen echt guttun. Aber egal, lassen wir das und konzentrieren uns jetzt auf dich«, kommentiert Elif und lehnt sich in ihrem bequemen Sessel noch ein Stück weiter nach vorn, während ich bereits die Zeilen darunter in mich aufsauge.

> Liebe GirlPower-Leserinnen!
> Ich bin Ella, Influencerin für Mode, Lifestyle und die Liebe. Auch wenn es mir heute niemand mehr glauben möchte: Ich war früher mega schüchtern und habe mich total unwohl in meiner Haut gefühlt. Aber ich habe an mir gearbeitet. Selbstbewusstsein ist eine Entscheidung, und ich habe mich entschieden! Wenn du meine Tipps befolgst und über deinen Schatten springst, klappt es auch mit der Liebe. Versprochen!
> Kuss, eure
>
> Ella <3

Selbstbewusstsein ist eine Entscheidung.

Irgendwie stolpere ich über diesen Satz. Wenn ich mich nur entscheiden muss, selbstbewusst zu sein ... warum bin ich es dann noch nicht? Ich habe mir so oft vorgenommen, auf Schulveranstaltungen mehr aus mir herauszukommen und auf Mitschülerinnen und Mitschüler zuzugehen, die ich noch nicht kenne. Aber ich hatte immer Angst, mich zum Affen zu machen, und habe es letztendlich gelassen. Mir fällt es einfach schwer, aus mir herauszukommen. Ist mein Wille nicht stark genug?

Mein Blick fällt wieder auf Ellas strahlendes Lächeln. Andererseits … Wenn Ella nicht weiß, wie man selbstbewusst wird, wer dann? Es muss doch stimmen, was sie schreibt, sonst wäre sie kaum die bekannte Person, die sie heute ist. Oder?

1. Tipp

Suche seine Nähe und finde heraus, welche Interessen er hat – vielleicht habt ihr ja etwas gemeinsam! Hobbys verbinden, weil ihr direkt ein Gesprächsthema habt oder etwas zusammen unternehmen könnt. Unterhalte dich mit ihm, lache, wenn er Witze macht, und berühre ihn wie zufällig am Arm. Es ist wichtig, dass du diesen Tipp durchgehend anwendest, sodass dein Crush dich auf seinem Radar hat.

Suche seine Nähe … Oje, das fängt ja schon mal gut an. Meine Fingerspitzen kribbeln, und mein Herz pocht stärker als sonst. Ich hasse es, mich jemandem aufzuzwingen.

»Lache, wenn er Witze macht«, liest Elif vor. »Na, hoffentlich hat er einen guten Humor, damit du die Witze auch erkennst.«

»Ob ich das wirklich machen soll …«, fange ich entmutigt an.

Elif reißt die Augen auf. »Du machst jetzt keinen Rückzieher, oder? Hier hast du den Fahrplan zu deiner ersten Beziehung – und noch dazu mit dem heißesten Kerl der Klasse!«

»Aber wenn ich die ganze Zeit über jeden Scheiß lache und seinen Arm streichle, wird er mich sicher eher für eine Verrückte als seine potenzielle Freundin halten.«

Elif gluckst. »Ich würde seinen Arm auch nicht streicheln, sondern nur kurz berühren.« Sie legt ihre Hand für zwei Sekunden auf die Außenseite meines Oberarms und klimpert mit den Wimpern. »Wow, Nils, du bist echt lustig.«

»Wenn ich das doch nur halb so gut draufhätte wie du«, seufze ich. »Bei dir wirkt das total natürlich.«

»Das wird es bei dir auch. Rede mit ihm, wie du mit mir redest.«

Bei Elif hört sich alles so leicht an, fast wie ein aufregendes Spiel. Aber ich ahne, dass mich Ellas Tipps so viel Mut und Überwindung kosten werden, wie ich sie zuvor noch nie aufbringen musste. Ich hoffe, dass es sich lohnen wird. Wenn ich wirklich mit Nils zusammenkommen sollte, würde sich mein ganzes Leben verändern, und dieser Gedanke lässt das Flattern in meinem Bauch wieder aufleben.

»Na gut. Ich mach's.« Ich beiße mir auf die Unterlippe, weil ich meine Entscheidung selbst nicht glauben kann, aber manchmal muss man Dinge riskieren, um sich weiterzuentwickeln – und genau das habe ich vor.

Elif klatscht in die Hände. »Uh, ich freu mich! Du wirst es bestimmt nicht bereuen.«

Ich lache nervös. »Das will ich doch hoffen.« Irgendwie habe ich die böse Vorahnung, dass ich es doch bald bereuen könnte, aber das behalte ich besser für mich.

»Okay. Deine erste Aufgabe lautet: Nähe suchen und Interessen herausfinden. Das sollte kein großes Ding werden. Er ist dein Banknachbar, ihr werdet euch also gezwungenermaßen fast jeden Tag sehen. Also solltest du deinen Fokus darauf setzen, welche Hobbys er hat. Du unterhältst dich einfach zwischendrin mal über nicht schulische Themen mit ihm. Er ist neu in der Stadt, ich bin sicher, du bist nicht die Einzige, die ihn nach Interessen fragen wird.«

Ich nicke und erinnere mich an gestern, als wir uns in der Pause kurz unterhalten haben. Da fällt es mir ein: »Ich weiß schon ein Hobby von ihm«, berichte ich aufgeregt. »Er meinte, er geht jeden Samstagvormittag am Nymphenburger Kanal joggen.«

»Das ist ja bei dir in der Nähe!«

»Ja, vermutlich wohnt er dann auch irgendwo dort. Für eine Beziehung wäre es also perfekt. Nicht wie zum Beispiel bei Vince, der wohnt am anderen Ende der Stadt. Das würde mich stressen.«

»Vincent?«, fragt Elif verwirrt. »Wie kommst du jetzt auf ihn?«

Ich schüttle den Kopf. »War nur so ein Gedanke.« Vincent ist mein einziger männlicher Freund. Wir unternehmen viel miteinander, starten einen Serienmarathon nach dem anderen oder zocken eine Runde. Aber meistens sind wir bei mir, oder wir treffen uns auf der Hälfte.

Elif nippt an ihrem Kakao. »Okay, also gehst du joggen.«

»Joggen«, echoe ich irritiert. »Wieso sollte ich joggen gehen?« Sport war noch nie meine Stärke, vor allem keine Sportart, die mit Ausdauer zu tun hat.

»Na, damit du Nils über den Weg läufst. So ganz zufällig.«

Ich schnaube. »Hä? Er soll doch einen *guten* Eindruck von mir haben! Wenn er mich beim Joggen sieht, dann kann ich das vergessen!«

Elif schüttelt den Kopf. »Niemand sieht beim Laufen gut aus, aber das ist doch auch nicht der Sinn davon. Ihr sollt euch einfach nur außerhalb der Schule über den Weg laufen.«

Doch ist das nicht eine Lüge? Wenn ich ihn glauben lasse, dass ich gerne Sport mache – würde diese Lüge nicht auffallen, wenn wir irgendwann zusammen sind? *Falls wir* überhaupt zusammenkommen … Andererseits kann ich ihm schlecht erzählen, dass ich in Wahrheit gerne Gedichte schreibe und mit meinen Pflanzen rede.

»Komm schon, Juli! Probier's doch einfach mal aus«, ermutigt mich Elif.

Ich nicke. Schließlich hat Ella geschrieben, dass ich über meinen Schatten springen soll. Raus aus der Comfort-Zone und rauf auf Nils' Aufmerksamkeitsradar. Über die Details kann ich mir immer noch Gedanken machen, wenn es so weit ist.

3. Kapitel

Sport schüttet Endorphine aus?
Pffff ... Fake-News!!

Als ich am Samstagmorgen das Frühstück verschmähe und statt einem Nutellabrot nur eine Tasse Früchtetee trinke, ziehen sich Mamas Stirnfalten sorgenvoll nach oben.

»Ist dir nicht gut, mein Schatz?«, fragt sie und gießt sich heißes Wasser in ihre Teetasse. Sofort verfärbt sich die Flüssigkeit dunkelrot.

»Mir geht's gut«, beruhige ich sie schnell. »Ich möchte gleich joggen gehen, und da kann ich keinen vollen Magen gebrauchen.«

Papa, der sich gerade eine Gabel Rührei genehmigen will, hält inne, das Rührei fällt zurück auf seinen Teller. »Seit wann joggst du?«

»Noch gar nicht, deswegen will ich ja anfangen«, füge ich so beiläufig wie möglich hinzu.

Mama lässt ihren Teebeutel immer wieder ins heiße Wasser sinken. »Wo möchtest du denn laufen? Kommt Elif mit?«

»Am Nymphenburger Schlosskanal, da sind ja viele Jogger unterwegs«, versuche ich so unverfänglich wie möglich zu antworten. »Elif hat keine Zeit.«

Papa lädt sich abermals Rührei auf seine Gabel. »Okay, aber dann pass auf, ja? Untrainiert kann man sich beim Laufen schnell verletzen.«

»Ja, ja«, antworte ich und winke ab. So naiv bin ich nun auch wieder nicht. Ich habe nicht vor, viele Kilometer zu rennen, sondern nur den Moment abzupassen, in dem mich Nils bemerkt. Mein Plan ist so schlau und durchdacht, dass ich mir am liebsten auf die Schulter klopfen würde. Zufrieden genehmige ich mir einen großen Schluck Tee. Die brühend heiße Flüssigkeit verbrennt mir sofort die Zunge, und Tränen schießen mir in die Augen. Hoffentlich ist das kein schlechtes Omen …

Die Wolken hängen tief, und es tröpfelt leicht, als ich den Spazierweg am Kanal erreiche, der geradewegs zum Schloss führt. Wie jeden Vormittag sind hier viele Joggende unterwegs, und inzwischen stelle ich meinen tollen Plan doch in Frage. Ich weiß nicht, um welche Uhrzeit Nils immer hier ist, oder ob er heute überhaupt läuft. Vielleicht stehe ich mir stundenlang die Beine in den Bauch – ohne dass er sich blicken lässt. Ich entscheide mich, den Weg abzugehen und nach Nils Ausschau zu halten. Einmal meine ich, auf der gegenüberliegenden

Seite des Kanals eine Person auszumachen, die sowohl seine Statur als auch die gleiche Haarfarbe hat, aber als ich genauer hinsehe, wird mir klar, dass es sich um einen älteren Mann handelt. Na toll, jetzt fühle ich mich noch unsportlicher.

Ich schnaube verärgert, nehme meine Brille ab und wische sie mithilfe des Saums meines blauen Sporthemds sauber. Wofür lasse ich mir von diesem Ding freiwillig Druckstellen auf dem Nasenrücken machen, wenn es noch nicht mal hilft?

»Juli?«

Vor Schreck lasse ich beinahe meine Brille fallen. Die Stimme kommt mir nicht nur bekannt vor, denn tatsächlich habe ich die vergangene halbe Stunde an nichts anderes gedacht.

Ich wirble herum. »Äh, hi, Nils«, bringe ich gerade so heraus. »Was machst du denn hier?«

Seine breite Brust hebt und senkt sich, so als hätte er schon ein paar Kilometer hinter sich. Dunkle Schweißflecken zeichnen sich auf seinem grauen Sportshirt ab.

Nils gluckst belustigt und schaut an sich herab. »Sport. Und du?« Er mustert mich interessiert, und ich streiche mir verlegen die Haare glatt.

»Ich auch. Hab nur gerade eine Pause gemacht«, antworte ich außer Atmen. Man könnte fast meinen, meine krasse Sporteinheit wäre der Grund dafür … nicht.

Nils nickt anerkennend, und mein Herz hüpft höher. »Du hast gar nicht erzählt, dass du hier auch joggen gehst.«

»Schon immer«, flunkere ich großzügig.

»Cool, wie lange brauchst du denn für einen Kilometer?«

Himmel, woher soll ich wissen, was eine schnelle und eine langsame Zeit ist?

»So fünf Minuten?« Meine Aussage gleicht eher einer Frage.

Nils reißt die Augen auf. »Wow, nicht schlecht.«

Oje. Offenbar habe ich es etwas übertrieben. »Aber ich laufe nicht für die Zeit, es macht einfach Spaß«, schiebe ich schnell hinterher.

»Beste Einstellung«, sagt er. »Ich brauch auch keinen Wettbewerb.«

Ich schaue auf die Uhr. Nils hat mich gesehen und ist beeindruckt von mir. Bevor ich mich noch irgendwie blamiere, sollte ich langsam wieder nach Hause. »Ich denke, ich jogge dann mal weiter.«

»Wollen wir zusammen weiterlaufen?«

Die Freude über seine Frage wird schnell von Panik abgelöst. Er möchte mit mir *zusammen* weiterlaufen, aber das bedeutet, er möchte mit mir zusammen *weiterlaufen*. Verdammt, wie komme ich aus dieser Nummer wieder raus?

»Klar«, piepse ich, weil ich ihm keinen Korb geben möchte und einfach glücklich bin, dass er überhaupt Interesse daran hat, Zeit mit mir zu verbringen. »Gerne.«

»Cool«, sagt er wieder, und mir wird schlagartig klar, dass ich für sein Lächeln nun teuer bezahlen werde.

Der erste Kilometer ist mühsam, aber machbar. Nils läuft ein gleichmäßiges und schnelles Tempo, welches ich *auf Dauer* nicht werde halten können. Was heißt auf Dauer? Schon nach ungefähr achthundert weiteren Metern bilden sich die ersten Schweißperlen, und mein Atem wird unkontrolliert.

»Seit ich denken kann, ist meine Familie bereits fünfmal umgezogen«, erzählt Nils, ohne Schwierigkeiten sein Tempo dabei zu halten.

So langsam dämmert mir, dass *zusammen laufen* nicht nur *nebeneinanderher rennen* bedeutet, sondern offenbar auch eine Unterhaltung beinhaltet.

»Jedes Mal eine neue Schule, neue Leute. Joggen ist in dieser Zeit eine Routine für mich geworden. Ich brauch keinen Mitgliedsausweis in einem Fitnessstudio und kann laufen, wo ich will, egal in welcher Stadt, an welchem Ort.«

»Das ... versteh ... ich«, keuche ich. »Da ... ist ... eine ... Routine ... nicht ... schlecht. Warum ... zieht ... ihr ... denn ... immer ... wieder ... um?«

»Meine Mutter ist beruflich viel unterwegs. Aber frag mich jetzt nicht, was sie genau macht – da steig ich selbst nicht ganz durch. Irgendwas in der Forschung auf jeden Fall.« Er schaut zu mir rüber und lächelt mir zu. Wieso sieht Nils bloß so unglaublich lässig aus?

»Ah ...«, mache ich, als wäre mir alles klar. Doch in Wahrheit bringe ich einfach nicht mehr als diesen kläglichen Laut hervor, weil mir langsam aber sicher der Sauerstoff ausgeht. Außerdem spüre ich seit etwa zwei Minuten ein komisches Ziehen in meinem rechten Knie. Es wirkt fast so, als wollte mir mein Körper mit jeder Faser verzweifelt verdeutlichen, dass Joggen nicht die richtige Sportart für mich ist.

Hör auf zu laufen, ich kann nicht mehr!

Reiß dich zusammen, Körper! Ich kann doch jetzt nicht einfach aufgeben, wenn es mit Nils und mir gerade so gut klappt. Er redet mit mir – viel mehr als in der Schule. Das heißt, der Plan funktioniert!

Joggen ist trotzdem kein gemeinsames Interesse!

Pfff ... vielleicht jetzt noch nicht. Aber ich werde Joggen ruckzuck in meinen Alltag integrieren, und irgendwann werde ich es schon lieben. Oder zumindest nicht mehr hassen.

»Und was machen deine Eltern beruflich?« Nils' Stimme reißt mich aus meinen widersprüchlichen Gedanken. Ich würde ihm so gerne auf seine Frage antworten, das Gespräch am Laufen halten (was für ein Wortwitz ...) und dafür sorgen, dass wir uns näher kennenlernen. Aber ich kann es nicht. Mein Körper schreit in meinem Innersten so laut Nein, wie mein Mund es vermutlich noch nie geschafft hat.

Ich hab dir gesagt, ich kann nicht mehr.

Abrupt bleibe ich stehen und stolpere trotzdem noch einige Schritte nach vorne.

Nils läuft noch ungefähr zehn Meter weiter, bis er merkt, dass ich nicht mehr neben ihm bin. Verwirrt läuft er aus und dreht sich um. »Was ist los?«

»Mir ... ist gerade eingefallen, ... dass ich ... schon spät dran bin. Hab das Treffen mit meiner Freundin ganz vergessen. Ich ... spring noch schnell unter die Dusche, bevor sie kommt«, versuche ich, die unangenehme Situation zu überspielen.

»Oh.« In seinen Augen spiegelt sich eine leichte Verwirrung. »Alles klar. Dann bis Montag?«

»Ja, bis Montag!«, verabschiede ich mich zwiegespalten. Auf der einen Seite tut es mir so leid, unseren fast perfekten Moment zu zerstören, auf der anderen Seite weiß ich nicht, was passiert wäre, wenn ich nicht auf meinen Körper gehört hätte. Vielleicht ist es besser, das auch nie herauszufinden.

4. Kapitel

Sport ist Mord.
Ich bin Beweisstück A.

»Oh. Mein. Gott!« Elif sieht mich mit weit aufgerissenen Augen an. »Er hat dir von seiner Familie erzählt?«

Ich nicke aufgeregt. »Wir hatten voll die Connection.« Die Kürbisstückchen im Topf zischen, doch der Kochlöffel, den meine beste Freundin locker in der Hand hält, verharrt an gleicher Stelle.

»Ich glaube, du kannst runterschalten«, murrt Vince, dreht den Herd auf die niedrigste Stufe und entzieht ihr den Löffel. »Können wir uns erst aufs Kochen konzentrieren? Beim Essen könnt ihr ja gerne zum fünften Mal darüber sprechen, wie gut Nils in Sportklamotten aussieht.« Dann schabt er den Kürbis vom Kochtopfboden.

Ich verdrehe die Augen. »Du tust gerade so, als wären wir unausstehlich.«

Vince gibt ein undefinierbares Grunzen von sich. »Ich versteh nur nicht, wie ihr euch so an einem Typen aufhängen könnt, den ihr kaum kennt.«

»Juli ist seine Sitznachbarin, und er hat ihr von seiner Familie erzählt. Ich finde, das ist ein echter Vertrauensbeweis.«

Ich nicke. »Wir sind auf dem besten Weg, Freunde zu werden.«

Vince zieht die Augenbrauen spöttisch in die Höhe und mustert mich. »Und das ist es, was du willst? Freundschaft?«

Hitze steigt mir in die Wangen, trotzdem versuche ich cool mit den Schultern zu zucken und den Augenkontakt nicht abbrechen zu lassen. »Vielleicht.«

Elif schnappt Vince den Kochlöffel aus der Hand. »Jetzt frag doch nicht so scheinheilig. Natürlich wird Juli mit ihm zusammenkommen. Aber es wäre doch super, wenn die Beziehung sich aus einer Freundschaft heraus entwickelt.« Sie lässt den weich gebratenen Kürbis in den Mixer gleiten.

»Aber warum verstellst du dich, um ihm näherzukommen?« Seine Augen bohren sich in meine, sodass ich im ersten Moment gar nicht weiß, was ich antworten soll.

Objektiv hört sich seine Frage gerechtfertigt an, und würde er das einer anderen Person an den Kopf werfen, würde ich vermutlich nickend neben ihm stehen. Niemand sollte sich für jemand anderen verstellen müssen. Doch in meiner Situation ist diese Meinung zu einfach gedacht. Wie soll ich denn sonst Nils' Aufmerksamkeit auf mich ziehen?

»Glaubst du, er mag dich sonst nicht?«, fragt Vince nun.

Ich seufze ergeben. »Woher soll ich das wissen? Vermutlich würde er mich gar nicht beachten, weil ich komplett langweilig bin.«

Vince starrt mich ein paar Sekunden lang an. »Ist das dein Ernst?«

Ich zucke mit den Schultern. »Ja, ist doch so.«

»Du bist nicht langweilig«, meldet sich nun auch Elif empört zu Wort.

Vince dreht sich zu ihr um. »Und warum redest du ihr dann so ein Zeug ein?«

Elif öffnet die oberen Küchenschränke, offenbar auf der Suche nach weiteren Zutaten. »Tu ich doch gar nicht!«

Er schnaubt und sieht zu mir zurück. »Also bist du gestern einfach so auf die Idee gekommen, mit dem Sport zu beginnen?«

Ich verdrehe die Augen. »Nein, bin ich nicht. Na, und? Eine Influencerin hat in einer Zeitschrift ihre Tricks verraten. Verklag mich.«

»Was für Tricks?«

»Na, wie man Jungs um den Finger wickelt.«

»Und ihr Tipp war es, sich zu verstellen?«

»Vince! Jetzt lass sie doch endlich mal in Ruhe.« Elif seufzt frustriert. »Juli, wo ist denn euer Kürbiskernöl?«

Ich ziehe den Apothekerschrank auf und reiche ihr das Öl.

Mein bester Freund hebt die Hände. »Ich will nur verstehen, warum der Typ so viel Mühe wert ist, ehrlich.«

Elif grinst schief. »Ach so, jetzt kommen wir der Sache schon näher. Du bist eifersüchtig.«

Er grunzt. »Als ob.«

Elif dreht den Flaschenkopf auf und schüttet großzügig Öl auf den Kürbis. »Mach dir keine Sorgen, wir werden dich immer liebhaben. Du bekommst keine Konkurrenz.«

Ich lache und bin froh, dass Elif es schafft, die Unterhaltung wieder auf eine leichtere Ebene zu befördern. Tief in meinem Inneren weiß ich, dass Vinces Fragen ihre Berechtigung haben, aber ich will sie nicht hören. Vor allem, nachdem der erste Tipp aus der Zeitschrift bereits Früchte getragen hat. So falsch können diese Sachen, die dort geschrieben sind, ja gar nicht sein. Ella würde solche Tipps nie geben, wenn sie damit nicht schon selbst erfolgreich gewesen wäre. Obwohl ihr vermutlich sowieso alle Jungs hinterherlaufen, denn sie ist wunderschön und selbstbewusst – an beidem werde ich noch arbeiten müssen.

»Vorsicht!« Vince packt den Flaschenhals, um Elif daran zu hindern, die halbe Flasche zu leeren. »Du ertränkst noch den ganzen Kürbis.«

Elif drückt ihm das Öl in die Hand. »Na, dann mach dein Pesto doch selbst und frag mich das nächste Mal nicht, ob ich dir helfen kann.«

Vince grinst breit. »Diese Frage hast du dir eingebildet.«

Er beginnt Kürbis, Öl, Knoblauch, Kürbiskerne und Parmesan zu mixen. Ein sanft würziger Duft verbreitet sich in der Küche und lässt mir das Wasser im Mund zusammenlaufen. Ich weiß schon jetzt, ohne probiert zu haben, dass ich in diesem Pesto baden möchte.

»Auf deine Kochkünste war ich schon immer neidisch«, gebe ich zu.

Auch wenn seine Wangen zartrosa werden, schüttelt Vince den Kopf. »Das ist doch nur ein Pesto, das könntest du auch.«

»Da wäre ich mir nicht so sicher.« Das letzte Mal, als ich eine einfache Tomatensoße probiert habe, ist mir alles angebrannt, und ich habe ewig gebraucht, den Topf abzuspülen. Seitdem habe ich kein Kochbuch mehr aufgeschlagen.

Den restlichen Sonntagabend verbringen wir damit, die wie erwartet köstliche Pasta zu verschlingen und einen Film anzuschauen. Dieses Mal hat Vince den Film ausgesucht, und ich bin positiv über seine Auswahl überrascht. Statt eines actiongeladenen Hollywoodstreifens träumen wir uns durch eine romantische Komödie, und ich erwische mich ein paar Mal, wie ich statt des Schauspielers Nils vor mir sehe. Danach verabschieden sich meine Freunde, und ich falle kaputt ins Bett. Meine Beine wollen mich nicht mehr ins Bad tragen, damit ich mein Gesicht waschen und meine Zähne putzen kann. Ich schlafe sofort ein.

Als ich am Montag die Stufen zum Klassenzimmer im dritten Stock emporsteige, schießt mir plötzlich ein Schmerz ins Knie. Irritiert bleibe ich stehen, stütze mich mit einer Hand am Geländer ab, mit der anderen Hand reibe ich mir über die stechende Stelle. Dort hat es während des Joggens bereits gezogen, doch das Gefühl war verschwunden, als ich nach dem Joggen nach Hause gegangen bin.

»Zwei Tage später? Ist das ein Scherz?«, fluche ich leise.

»Juli?«, höre ich hinter mir eine Stimme. »Alles gut?«

Vince springt ein paar Stufen zu mir hoch.

»Ich weiß nicht«, gebe ich zu. Ich drücke an meinem Knie herum und versuche es zu strecken und zu knicken. Beides fühlt sich falsch an. Ich schaue die Treppen hinunter und mir wird klar, dass ich Schwierigkeiten haben werde, dort wieder runterzukommen. »Mein Knie streikt irgendwie.«

»Du solltest zum Arzt«, sagt Vince mit zusammengezogenen Augenbrauen. Sein Blick gleitet besorgt über mein Bein.

Ich schüttle den Kopf. »Ich will den Unterricht nicht verpassen. Gerade am Anfang –«

»– kann man ihn für die Gesundheit auch mal ausfallen lassen«, beendet Vince meinen Satz und grinst schief.

Ich verdrehe die Augen, und doch wird mir warm ums Herz. Vince war schon immer fürsorglich. Während Elif und ich uns manchmal in verrückten Ideen verrennen, ist er derjenige mit dem kühlen Kopf. »Soll ich dich nach Hause bringen?«

»Nein, nein, alles gut!« Ich winke erschrocken ab. »Es reicht, wenn einer von uns den Unterricht verpasst.«

Abermals blicke ich die Treppen hinab. Der Heimweg wird definitiv eine Herausforderung, und dennoch fühle ich mich nicht genug verletzt, um seine Hilfe annehmen zu dürfen.

Vince nickt nach unten. »Aber bis da runter bring ich dich auf jeden Fall.«

Ich weiß, dass er sich nicht abwimmeln lassen wird, und ich weiß auch, dass ich darüber froh bin. Also lasse ich zu, dass Vince seinen Arm um meine Taille schlingt und wir mich gemeinsam Stufe für Stufe nach unten hieven.

Ein frischer, herber Duft kitzelt in meiner Nase, als mir mein bester Freund so nah ist wie noch nie zuvor. Sein Arm hält mich fest und warm, und ich habe keine Angst, dass er mich loslassen könnte. Unsere Nähe fühlt sich vertraut und … gut an. Warum auch immer, aber plötzlich wird mir bewusst, dass Vince ein Junge ist und noch dazu eigentlich ganz gut aussieht – darüber habe ich mir noch nie Gedanken gemacht. Wenn er mit Elif und mir zusammen ist, ist er … neutral. Nie habe ich mir die Frage gestellt: Was wäre, wenn? Aber genau jetzt, in diesem Moment, als seine Brust an meine Schulter drückt und ich genau dort, wo seine Hand auf meiner Taille liegt, ein leichtes Prickeln spüre, schießt mir dieser Gedanke unvermittelt durch den Kopf.

Was wäre, w–

»Geschafft«, keucht Vince und löst seinen Griff. »Und du bist dir wirklich ganz sicher, dass ich dich nicht nach Hause begleiten soll?«

Ich nicke nur, weil mich mein Gedanke von eben zu sehr verwirrt. *Was ist los mit dir, Juli? Wo kommt das auf einmal her?* »Danke«, bringe ich heraus.

»Dann schreib mir aber, wenn du zu Hause bist«, fordert er mich auf.

Ich nicke abermals. »Entschuldigst du mich bei Herrn Müller?«

»Klar.« Vince sieht auf die Uhr. »Dann sollte ich jetzt ins Klassenzimmer, sonst komme ich zu spät. Gute Besserung, Juli.« Zur Verabschiedung umarmt er mich, und meine Verwirrung ist perfekt, denn Vince hat mich noch nie zum Abschied umarmt. Aber vermutlich ist es seine Fürsorge, die aus dieser Geste spricht, und ein gewisses Mitleid, wenn er mich durch die Gegend humpeln sieht. Manche Menschen werden viel nahbarer, wenn ihre Hilfe gefragt ist und sie sich gebraucht fühlen.

Ich schaue Vince nach, als er immer zwei Stufen nehmend nach oben springt und schließlich im Flur verschwindet. Ich fühle mich ganz leicht und merke plötzlich, dass ich ein Lächeln auf den Lippen habe. Das hat bestimmt nur damit zu tun, dass ich so froh bin, immer auf meinen besten Freund zählen zu können … oder?

5. Kapitel

Wenn du ein Tier wärst, welches wärst du?
Ein Streifenhörnchen?

»Sie dürfen nie wieder joggen.«

Nein. Das war nicht ganz das, was mein Orthopäde zu mir gesagt hat. Auch wenn ich gerne eine ärztliche Anweisung als Ausrede dafür gehabt hätte, Nils zu erklären, warum wir nicht mehr zusammen Sport machen können. Ich muss mir schließlich was einfallen lassen, sollten wir tatsächlich eine Beziehung beginnen. Aber zumindest wird mein entzündetes Knie dafür sorgen, dass ich einige Wochen nicht mehr joggen gehen kann. Blöderweise kann ich das Knie seit dem Termin weder strecken noch knicken, und es bleibt in einer leicht angewinkelten Position, sodass es mir unmöglich sein wird, würdevoll die Treppen hoch und runter zu kommen. Dadurch wird es natürlich nicht leichter, Nils zu beeindrucken.

Aber wenigstens brauche ich kein funktionierendes Knie, um Ellas zweiten Tipp anwenden zu können. Aus der Schublade meines Nachttisches fische ich die Zeitschrift, die mir erklären wird, welcher nächste Schritt mich näher zu Nils bringen wird. Zwar hatte ihr erster Tipp eine unangenehme Begleiterscheinung, dennoch war er ein voller Erfolg. Nils hat mich auf seinem Radar. Die Zeitschrift ist immer noch genau dort aufgeschlagen, wo Ella zu mir nach oben strahlt, nur darauf wartend, mir erneut zu helfen.

2. Tipp

Werde zur Beauty-Queen! Wer kennt es nicht? Stress in der Schule und viel zu wenig Schlaf … Mit ein bisschen Concealer und Make-up kannst du den unschönen Schatten unter deinen Augen den Kampf ansagen und gleichzeitig deiner Haut einen hübschen Glow verleihen. Make-up wirkt wie ein wahrer Selbstbewusstseins-Booster und ist für mich in meiner täglichen Routine nicht mehr wegzudenken. So wirst du alle anderen Mädchen überstrahlen, und ER wird nur noch Augen für dich haben! Du wirst sehen!

Unvermittelt fahre ich mit den Fingern die Linien unter meinen Augen nach. Ich kann so viel schlafen, wie ich will, die Schatten werden dennoch nie ganz verschwinden. Die Haut um meine Augen herum ist dunkler als die restliche – so wie bei Mama. Sie hat mir mal erklärt, dass das nichts mit Stress oder wenig Schlaf zu tun hat, weil ich mich in den Ferien gewundert habe, warum sich bei mir trotz täglichen zehn Stunden Schlaf nichts verändert. Die leichten Schatten gehören zu mir, egal, was ich mache, sie werden nicht verschwinden. Deshalb war ich bisher ehrlich gesagt zu faul, mich jeden Tag in der Früh zu schminken, weil ich weiß, dass es sich nicht um ein temporäres Problem handelt. Aber vielleicht ist es jetzt an der Zeit, dennoch damit zu beginnen. Mir ist schon öfter auf Fotos aufgefallen, dass ich im falschen Winkel richtig dunkle Augen habe, und das fand ich noch nie schön. Wenn ich es also schon nicht schön finde, dann wird Nils das ganz sicher auch nicht. Und zumindest auf Social Media verwenden mittlerweile gefühlt alle Make-up, genau wie ein paar meiner Mitschülerinnen, und wenn die das in ihre Morgenroutine aufnehmen konnten, wird mir das auch gelingen. Ich muss Elif unbedingt um ein paar Tipps bitten, denn beim Schminken macht ihr keiner was vor.

Widerwillig greife ich nach meinem Handy und stelle meinen Wecker für morgen wieder eine halbe Stunde früher. Wie heißt es so treffend? Wer schön sein will, muss leiden? Ich stopfe die Zeitschrift zurück in den Nachtisch und kuschle mich in meinen Schlafanzug. Wenn ich morgen früher aufstehen muss, sollte ich heute auch früher ins Bett. Nicht, dass die Augenringe noch dunkler werden.

Als mich der schrille Klingelton aus dem Schlaf reißt, bin ich versucht, mich auf die andere Seite zu drehen und einfach weiterzuschlafen. Doch als ich mich strecke, erinnert mich mein Knie sehr deutlich daran, was ich für *die Mission* bereits gegeben habe. Wenn ich heute nicht mit Tipp zwei beginne, war vermutlich alles umsonst. Umständlich rolle ich mich aus meinem Bett und humple ins Badezimmer, wo ich permanent gähnend unter die Dusche schlurfe. Danach creme ich mich ein und stelle Mamas Make-up-Vorräte auf den Kopf. Bis jetzt habe ich nur hin und wieder Mascara und ein bisschen Concealer verwendet, weil ich eigentlich finde, dass ich nicht der Typ für aufwendiges Make-up bin. Trotzdem möchte ich es ausprobieren – vielleicht gefällt es mir ja doch. Außerdem wird das Make-up dafür sorgen, dass meine dunkle Haut um die Augen und die kleinen roten Äderchen um die Nase verschwinden – das wird mein Gesicht viel ebenmäßiger wirken lassen und den kleinen Pickel verdecken, der sich über Nacht auf mein Kinn geschlichen hat.

Während ich mich schminke, lasse ich nebenbei ein Tutorial von Ella auf dem Handy laufen, nur damit ich in etwa weiß, was in welcher Reihenfolge zu tun ist. Es dauert länger als gedacht, weil ich das Video immer wieder stoppen muss, um Schritt für Schritt der Anleitung zu folgen. Ellas Fünfzehn-Minuten-Routine dehnt sich so zu einer halbstündigen Beschäftigung aus. Aber am Ende bin ich mit dem Ergebnis zufrieden. So schwer ist das mit dem Schminken also gar nicht. Da ich allerdings länger gebraucht habe als geplant, lasse ich meinen morgendlichen Kakao ausfallen und winke meinen Eltern nur im Vorbeigehen zu, um es noch pünktlich in die Schule zu schaffen.

Blicke begleiten mich von der Schulaula bis vor das Klassenzimmer. Die meisten schauen allerdings eher irritiert als fasziniert – und das wiederum irritiert mich ebenfalls. Verdienen meine hohen Wangenknochen nicht eher Bewunderung?

Elif kommt aus dem Klassenzimmer gehuscht, und als sie mich sieht, winkt sie mich zu sich. »Ich muss noch schnell aufs Klo, kommst du mi…« Doch sie stockt mitten im Satz, und ihre Augen weiten sich. »Hast du dich geschminkt?«

Ich nicke stolz. »Der zweite Tipp von Ella. Ich wollte dich fragen, ob du mir mit dem Contouring helfen könntest, das ist gar nicht so leicht.«

Sie beißt sich auf die Unterlippe, nimmt meine Hand und zieht mich zur Mädchentoilette. »Gerne. Ich habe gleich einen ersten Tipp für dich.« Sie stößt die Tür auf und bugsiert mich bis zu dem großen Spiegel über den Waschbecken.

»Vorsicht, Elif«, keuche ich. »Mein Knie kann nicht so schnell.«

Ohne auf meine Worte zu achten, deutet sie auf mein Spiegelbild. »Erste Lektion: Verwende nicht zu viel Make-up und fixiere es danach mit etwas Puder.«

Ich folge ihrem Blick, und mir fällt die Kinnlade herunter. Mein Make-up hat sich in den kleinen Lachfältchen um meine Augen abgelegt, meine Gesichtszüge wirken wie nachgezeichnet. Die Pickel, die ich verstecken wollte und daher mit besonders viel Schminke abgedeckt habe, sind sichtbarer denn je, und ich ähnle einem Streuselkuchen.

»Was soll ich denn jetzt machen?«, frage ich bestürzt. Allein bei der Vorstellung, der Klasse und allen voran Nils so gegenüberzutreten, schnürt sich mir der Hals zu.

»Fürs Erste reicht es, wenn du es nur verwischst. Und in den Pausen komme ich zu dir – und wenn noch mal was ist, dann verwende ich ein Codewort, um es dich wissen zu lassen.«

Ich atme tief durch, und langsam reguliert sich mein Puls wieder. Vorsichtig beginne ich, die Schminke zu verreiben. »Klingt gut. Welches Codewort?«

»Das Streifenhörnchen ist ausgebrochen«, schlägt Elif grinsend vor.

»Lustig«, kommentiere ich trocken. »Wie wäre es mit: Ich hab meine Hausaufgaben nicht gemacht. Das würdest du nämlich nie sagen.«

Meine beste Freundin nickt anerkennend. »Sehr durchdacht.« Genau in diesem Moment kündigt die Schulglocke die erste Stunde an, und ihr Kopf ruckt Richtung der Lautsprecher. »Und das ist das erste Mal, dass ich zu spät in den Unterricht komme.«

Ich beiße mir auf die Unterlippe. »Ich weiß es zu schätzen.«

Elif schnaubt belustigt. »Das will ich doch hoffen!«

6. Kapitel

Einmal Selbstbewusstsein zum Mitnehmen, bitte.
Und können Sie es doppelt einpacken?
Ich habe einen langen Weg vor mir.

Das Codewort, beziehungsweise der Codesatz, kommt glücklicherweise nicht zum Einsatz. In der kurzen Pause zwischen den nächsten beiden Stunden lächelt mir Elif nur vielsagend zu, ohne zu erwähnen, dass sie das erste Mal in ihrem Leben ihre Hausaufgaben vergessen hat.

»Was hast du denn mit deinem Bein angestellt?«, fragt Nils verwundert. Am Anfang der Stunde bin ich unter dem bösen Blick unseres Mathelehrers auf meinen Platz gehumpelt. Herr Müller hasst es, wenn wir zu spät kommen, doch meine Verletzung hat mich vor einer Standpauke bewahrt. Nils hat mich zwar fragend gemustert, aber ich wollte unseren Lehrer nicht noch weiter provozieren und habe nichts gesagt.

Anstatt Nils jetzt genau das zu erzählen, was passiert ist, dehne ich die Wahrheit etwas weiter aus – sehr weit. »Ich war am Sonntag noch mal laufen«, behaupte ich und schlage mein Mathebuch zu. »Da hab ich es wohl etwas übertrieben.«

»Wow, du bist ja ziemlich fit.« Nils nickt anerkennend, und mein Herz hüpft freudig.

Warum eigentlich? Ich bin nicht fit, im Gegenteil. Ich brauche bereits ein Sauerstoffzelt, wenn ich keuchend im vierten Stock ankomme.

»Was hat der Arzt gesagt?«, erkundigt Nils sich. Entweder bilde ich es mir ein oder aber sein Blick bleibt länger als nötig an meinen getuschten Wimpern hängen.

Ich seufze schwer, als würde mich seine Diagnose niederschmettern. »Ich darf nicht mehr joggen. Für *mindestens* vier Monate.« Zwar meinte der Orthopäde, ich dürfte nach einem Monat wieder mit dem Laufen beginnen, aber das muss ja niemand wissen. Vor allem nicht Nils.

Seine Augen werden groß. »So lange? Da geht die Kondition ja total verloren.«

Ich nicke eifrig. »Da schaffe ich vermutlich nicht mal mehr einen Kilometer. Echt nervig.«

»Schade, ich dachte, wir könnten uns vielleicht hin und wieder zum Joggen treffen.«

Meine Schmetterlinge schlagen ihre zierlichen Flügelchen mit voller Kraft gegen meine Magendecke. Nils würde sich gerne öfters mit mir treffen, das hat er eben gesagt. »Voll gerne«, antworte ich, bevor ich mich zurückhalten kann. »Aber du musst anfangs etwas Geduld mitbringen.«

»Kein Problem, ich weiß, wie das ist.« Er lächelt mich mitfühlend an, und die Schmetterlinge flattern plötzlich noch heftiger. »Ich hatte mal eine Entzündung am Knöchel, aber den konnte ich nach vier Wochen schon wieder belasten. Du musst beim Laufen richtig übertrieben haben, wenn das bei dir vier Monate dauert.«

Hitze steigt mir in die Wangen, und ich kichere nervös. »Ja, ich weiß einfach nie, wann genug ist.« Und das ist vermutlich die erste Wahrheit, die ich ihm heute anvertraue.

Als ich mich am Abend abschminke, steht mein Entschluss bereits fest: Ich werde weiterhin Make-up verwenden. Es ist nicht so, dass ich geschminkt von jetzt auf gleich selbstbewusster durchs Leben gehe. Vielmehr hat es dafür gesorgt, dass ich ständig einen Blick in den Spiegel oder in die Frontkamera meines Handys geworfen habe, um sicherzugehen, dass noch alles so aussieht, wie es soll. Aber diese Unsicherheit wird vergehen, sobald ich eine Make-up-Routine aufgebaut habe und weiß, wie die Utensilien korrekt verwendet werden. Elif hat mir einen kleinen Kurs am Wochenende versprochen.

Außerdem wurde ich heute mehrmals von Klassenkameradinnen darauf angesprochen, wie frisch und schön ich heute aussehe. Zwar hat Nils nichts gesagt, allerdings habe ich auch nicht damit gerechnet, dass er mir bereits am ersten Tag ein Kompliment macht.

Die Aufmerksamkeit der anderen ist Beweis genug, dass auch dieser Tipp von Ella funktioniert. Und mit so viel Anerkennung kommt das Selbstbewusstsein dann auch wie von selbst!

Ich reibe mir mit dem Waschlappen übers Gesicht. Beige Make-up-Reste heben sich stark von der weißen Farbe des Stoffes ab. Auch wenn ich überzeugt bin, spüre ich einen Kloß im Hals. Noch nie habe ich so viele Komplimente an nur einem Tag bekommen – ohne Schminke ist mir das noch nie passiert. Stört mich das? Fühle ich mich damit wohl? Elif meinte zu mir, Make-up solle meine Schönheit nur unterstreichen und nicht einen völlig neuen Menschen aus mir machen. Das gefällt mir, wenn es denn wirklich so ist. Denn so verändere ich mich, ohne mich wirklich zu verändern. Trotzdem verschwindet der Kloß nicht aus meinem Hals.

Elif weiht mich am Samstag nicht nur in die Make-up-Geheimnisse ein und verrät mir, wie sich mein Lidschatten nicht in meinen Augenfalten absetzt, die Mascara nicht klumpig wird und keine Make-up-Ränder zu erkennen sind, sondern wir machen auch den Drogeriemarkt unsicher, um mir eine umfangreiche Schminktasche zusammenzustellen.

»Wann hast du eigentlich angefangen, dich zu schminken?«, frage ich meine beste Freundin, als wir gerade nebeneinander vor einem großen Regal mit den unterschiedlichsten Lipgloss-Farben stehen und einen Tester nach dem anderen auf unseren Handgelenken verteilen. Wir kennen uns zwar schon seit der fünften Klasse, aber ich kann mich nicht an den genauen Tag erinnern, an dem Elif das erste Mal mit Make-up in die Schule gegangen ist. Ich kenne sie nur noch mit langen getuschten Wimpern und ganz viel Rouge. Sie ist natürlich wunderschön, aber mit Make-up ist sie es eben auch.

Elif zieht ihre Stirn kraus. »So in der siebten Klasse, würde ich sagen. Meine große Schwester hat mich anfangs immer geschminkt, weil sie an mir üben wollte.«

»Hat sie die Ausbildung als Kosmetikerin eigentlich schon abgeschlossen?«, frage ich, weil ich nicht auf dem Laufenden bin. Ihre große Schwester Nazan ist für die Ausbildung nach Hamburg gezogen und besucht ihre Familie aufgrund der großen Entfernung nur selten.

»Ja, im Juli. Sie wurde von ihrem Studio übernommen und arbeitet jetzt dort in Vollzeit. Ich freu mich total für sie, auch wenn ich insgeheim gehofft hab, dass sie wieder nach München zurückkommt.« Ein wehmütiger Ausdruck huscht über Elifs Gesicht.

»Das glaube ich dir.« Zwar habe ich keine Geschwister und in der Hinsicht keine Erfahrung, aber wenn Elif oder Vince ans andere Ende von Deutschland ziehen würden, wäre ich ebenfalls sehr traurig.

Ich ziehe einen roséfarbenen Lipgloss aus dem Regal und drehe ihn auf. Als ich ihn an meiner Handoberfläche ausprobiere, stellt er sich als dunkler heraus als vermutet. Sofort stelle ich ihn wieder zurück. Ich will nichts, was zu sehr »Ich bin hier!« ruft. Auch wenn ich mich über die Komplimente in der vergangenen Woche sehr gefreut habe – zu viel Aufmerksamkeit ist gar nicht mein Ding.

»Uhhh, der sieht toll aus!« Elif schnappt mir den Lipgloss aus der Hand und malt sich ein kleines Herz auf das Handgelenk. »Den solltest du kaufen, genau deine Farbe!«

»Fühlst *du* dich mit Make-up eigentlich wohl?«, frage ich vorsichtig und betrachte das schimmernde Herz.

Ihre Antwort kommt wie aus der Pistole geschossen. »Klar, sonst würde ich mich nicht schminken. Außerdem liebe ich es, mit Make-up zu experimentieren.« Elif hält ihre Hand gegen das Licht, sodass das Herz in der Reflektion zu glitzern beginnt. »Holst du ihn dir?«

»Ach, lieber nicht«, nuschle ich und probiere einen Lipgloss in einem unauffälligen Nudeton.

Der prüfende Blick meiner besten Freundin fällt erst auf den Lipgloss in ihrer Hand und dann auf mich. »Fühlst du dich denn wohl, wenn du geschminkt bist?«

Bei jeder anderen Person hätte ich vermutlich gelogen und das Gleiche geantwortet wie Elif. Wer gibt schon gerne zu, dass er sich unsicher fühlt? »Irgendwie nicht ...«

Sofort legt Elif ihren Lipgloss zurück ins Regal, danach nimmt sie mir den nudefarbenen aus der Hand und sortiert ihn wieder ein. »Was machen wir dann hier, Juli?«, fragt sie bestürzt.

Ich zucke mit den Schultern. »Das ist nun mal der zweite Tipp von Ella.«

Meine beste Freundin schüttelt heftig mit dem Kopf. »Ja, aber du musst doch nichts machen, was dir gar nicht gefällt, nur weil es in einer Zeitschrift vorgeschlagen wird!«

»Vielleicht gewöhne ich mich noch daran. Am Anfang sind doch bestimmt alle unsicher?« In meiner Stimme schwingt Hoffnung mit. Hoffnung, die ich mir selbst eingeredet habe, weil ich mir so sehr wünsche, das ebenmäßige Haut und lange getuschte Wimpern zu Selbstbewusstsein führen. Doch heute muss ich mir eingestehen, dass weder der Blick in den Spiegel noch die lieben Worte meiner Mitschülerinnen zu mehr Selbstsicherheit geführt haben. Habe ich irgendwas falsch gemacht?

»Aber du musst dich doch an nichts gewöhnen, was du nicht brauchst«, seufzt Elif. »Ich dachte, du magst Make-up und hast Spaß daran – nur deshalb habe ich dir geholfen.«

»Ich würde mich freuen, wenn du mir auch weiterhin hilfst«, stelle ich klar und nehme den roséfarbenen Lipgloss wieder aus dem Regal. »Wenn Ellas Tipps nicht helfen und Nils und ich nicht zusammenkommen, dann lasse ich den ganzen Kram bleiben. Aber für's Erste will ich herausfinden, ob sie recht hat.«

»Hmm«, macht Elif unentschlossen.

Ich ziehe einen Schmollmund und presse meine Handinnenflächen aufeinander. »Bitte. Ich brauche dich und dein Wissen.«

»Hmm«, macht sie erneut, doch ihre Mundwinkel zucken verdächtig. »Na gut. Dann ziehen wir es durch.«

»Du bist die Beste!«, juble ich und werfe den farbenfrohen Lipgloss in den Einkaufskorb.

»Versprich mir aber, dass du, sobald du die Tipps durch hast, nur das beibehältst, was du auch selbst gut findest, okay?«

»Na klar«, verspreche ich ihr sofort und frage mich gleichzeitig, ob es so einfach sein wird, auf den auffälligen Lipgloss zu verzichten, wenn meine rosa schimmernden Lippen doch das sind, was Nils besonders an mir gefallen könnte.

Elif zieht die Augenbrauen nach oben, so als wüsste sie ganz genau, worüber ich gerade nachdenke, und dennoch bohrt sie nicht weiter nach, wofür ich ihr sehr dankbar bin. Es fällt mir gerade selbst nicht leicht, aus meinen widersprüchlichen Gedanken schlau zu werden – wie soll ich es da schaffen, sie jemand anderem zu erklären?

Den restlichen Nachmittag shoppen wir uns durch den Drogeriemarkt und tragen uns gegenseitig Nagellack in sämtlichen Farben auf, bis uns ein genervter Verkäufer bittet, uns doch endlich für einen Nagellack zu entscheiden. Wir bezahlen unsere Sachen und verlassen kichernd den Laden.

Als wir wieder bei mir zu Hause sind, leert Elif unsere Errungenschaften auf meinem Bett aus. »Am liebsten würde ich das ganze Zeug mit nach Hause nehmen. Du bist jetzt mit den neusten Produkten voll ausgestattet.«

»Nur dank dir«, erinnere ich sie und grinse. Insgeheim hoffe ich immer noch, dass ich nur meine Zeit brauche, bis ich mich mit Makeup anfreunde, denn sonst habe ich heute eine sehr teure Fehlinvestition getätigt.

Elif winkt ab. »Hat Nils eigentlich was zu deinem Knie gesagt?«

»Ja, schon«, gestehe ich. »Ich glaube, er war sogar beeindruckt.«

Sie lässt sich aufs Bett plumpsen. »Von einer Entzündung?«

»Eher davon, wie sie entstanden ist. Vielleicht habe ich ihm eine Geschichte aufgetischt, die nicht ganz der Wahrheit entspricht.«

»Also eine Lüge«, kommentiert Elif.

Ich beiße mir auf die Unterlippe, und mir wird plötzlich unangenehm warm. »Man könnte es auch als … erweiterte Wahrheit bezeichnen.«

Sie gluckst. »Erweiterte Wahrheit?«

»Ich habe ihm erzählt, dass ich beim Laufen übertrieben habe«, erkläre ich. »Das stimmt ja auch, denn selbst der eine Kilometer am Samstag war zu viel für mich. Er geht allerdings davon aus, dass ich – keine Ahnung – zwanzig Kilometer in einer Stunde oder so gelaufen bin und am Sonntag auch noch mal unterwegs war.«

Meine Freundin prustet los. »Nicht dein Ernst!?«

»Na ja, was kann ich denn dafür, dass er völlig falsche Vorstellungen hat?« Ich bin erleichtert, dass Elif mich nicht für verrückt erklärt, und lache mit ihr. »Er wollte nicht genau wissen, nach wie vielen Kilometern mein Knie gestreikt hat, und ich bin ja nicht gezwungen, ihn darüber aufzuklären, oder?«

»Völlig deiner Meinung«, pflichtet mir Elif bei und schüttelt immer noch breit grinsend den Kopf. »Du bist ihm zu nichts verpflichtet.«

»Apropos!« Aus meinem Nachttisch ziehe ich wieder mal die Zeitschrift, die mittlerweile bereits einige Eselsohren und Risse aufweist, weil ich fast täglich in ihr blättere. »Es ist Zeit für den nächsten Tipp.«

Gespannt beugt sich Elif zu mir. »Dann lass mal hören.«

Als mein Blick auf Ellas nächsten Tipp fällt, stöhne ich auf. Vor dieser Woche habe ich am meisten Angst.

7. Kapitel

Spieglein, Spieglein an der Wand …

3. Tipp

Um deinem Crush näherzukommen, musst du mit ihm Zeit verbringen! Arrangiere ein Treffen mit »harmlosem« Grund – frage ihn also nicht nach einem Date, sondern verabrede dich mit ihm, zum Beispiel für ein Schulprojekt. Oder du gehst mit deinen Freunden ins Kino und fragst ihn, ob er Lust hat, sich anzuschließen. Lasse ihn nicht sofort wissen, was du für ihn empfindest. Viele Jungs lieben es, wenn sie ein Mädchen erobern können.

Auf der einen Seite bin ich erleichtert, dass Ella nicht mich in der Pflicht sieht, den ersten Schritt zu machen und Nils nach einem Date zu fragen, aber auf der anderen Seite ... ein Treffen mit harmlosem Grund? Wie soll ich das anstellen? Was ist ein *harmloser* Grund?

»Der Junge muss den ersten Schritt machen? Sind wir über dieses Klischee nicht mittlerweile hinaus?«, fragt Elif naserümpfend.

»Also ehrlich gesagt bin ich froh, dass da nicht steht: ›Du hast es in der Hand! Sprich ihn an! Sag ihm, dass er toll ist! Sag ihm, dass du in ihn verknallt bist!‹«

»Selbst wenn es da stehen würde, würde ich meinem Crush nur davon erzählen, wenn sich das auch wirklich richtig anfühlt«, gibt sie zu bedenken.

»Keine Ahnung, woher ich wissen soll, wann es sich richtig anfühlt ...«, seufze ich, und allein bei dem Gedanken, jemanden so tief in mein Inneres blicken zu lassen, spüre ich ein unangenehmes Kribbeln auf meinem Rücken.

»Über die eigenen Gefühle zu sprechen, kann echt gruselig sein«, stimmt Elif mir zu. »Aber mit dir geht es zum Beispiel voll klar. Da macht es mir gar nichts aus.«

»Stimmt«, sage ich überrascht. »Dir erzähle ich sogar mehr als Mama, dabei erfährt sie schon wirklich viel von mir.«

»Wir kennen uns ja auch schon lange. Es wäre schon sehr vorschnell, wenn du Nils sofort alle Gedanken anvertraust, oder?«

»Und falls es Liebe auf den ersten Blick ist?« Wenn es um romantische Gefühle und Jungs geht, muss ich immer an die Filme und Serien denken, in denen sich zwei Personen bei der ersten Begegnung ineinander verlieben und sich sofort all die Dinge erzählen, die sie im Innersten bewegen.

»Glaubst du denn an Liebe auf den ersten Blick?«, hakt Elif nach.

Ich schlage das Magazin zu und lege es neben mich aufs Bett. »Nein, eher nicht. Ich kann mir nicht vorstellen, dass ich eine Person sehe und mich schlagartig in sie verliebe, ohne wirklich zu wissen, wer sie ist.«

Elif nickt kräftig. »Ich verstehe total, was du meinst. Vor allem ist Liebe viel mehr als nur Liebe. Hinter diesem Wort verbirgt sich ... ein Universum.« Sie kichert über ihre eigene Wortwahl.

Liebe ist viel mehr als nur Liebe. Ein wunderschöner Titel für ein neues Gedicht, schießt es mir durch den Kopf. Und plötzlich formen sich neue Worte, ganze Sätze in meinen Gedanken. So simpel und doch tiefgreifend fließen sie an mir vorbei. Ich liebe Momente wie diesen, in denen ein einzelner Kommentar einen versteckten Winkel meiner Kreativität einfordert. Der Drang, aufzustehen, den Laptop auf meinem Schreibtisch einzuschalten und einfach draufloszutippen, ist übermächtig.

»Juli? Alles gut?« Elif stupst mich vorsichtig an.

Erst da merke ich, dass ich einige Sekunden ins Leere gestarrt habe, ohne auch nur einmal zu blinzeln oder meiner Freundin zu antworten.

»Sorry«, murmle ich und reibe mir über die Augen. »Ich weiß nicht, was ich fühle – aber es fühlt sich echt gut an.« Elif nickt verständnisvoll. »Das Gefühl kenne ich nur zu gut. Weißt du noch letztes Jahr, als ich in Burak verschossen war? Keine Ahnung, ob das Liebe war – aber es war trotzdem richtig schön.«

An Elifs ersten Crush kann ich mich noch sehr gut erinnern. Aber er hat die Schule gewechselt, noch ehe sich meine beste Freundin über ihre Gefühle im Klaren war, und so ist die Beziehung zwischen ihnen automatisch im Sand verlaufen.

»Hast du noch mal was von ihm gehört?«, frage ich neugierig.

»Nope, gar nichts. Und das ist auch gut so, ich weiß nämlich gar nicht, was ich mir dabei gedacht habe. Inzwischen ist er eigentlich gar nicht mehr mein Typ«, antwortet Elif mit einem schuldbewussten Grinsen, nur um eine Sekunde später wieder ernst zu werden. »Aber zurück zum Thema. Wir müssen uns jetzt auf den nächsten Schritt deiner Mission konzentrieren.«

»Wie das klingt«, bemerke ich belustigt. »Mission Nils hat begonnen. Agentin Elif, geben Sie ein Zeichen, sobald der Adler landet.«

Elif wackelt mit den Augenbrauen. »Oh, glaub mir. Der Adler *wird* landen.«

Wir überlegen den ganzen Abend, mit welchen harmlosen Gründen ich Nils zu einem Date einladen könnte, ohne es *Date* zu nennen. Eigentlich wären die wöchentlichen Jogging-Treffen eine perfekte Möglichkeit gewesen, sich kennenzulernen und eine gemeinsame Ebene zu finden, und Elif schlägt vor, dass wir mit dem dritten Tipp einfach warten könnten, bis es meinem Knie besser geht. Aber ich erinnere sie daran, dass meine Verletzung das kleinste Problem darstellt. Es macht keinen Sinn, Nils das gemeinsame Joggen vorzuschlagen, wenn ich doch zu gut weiß, dass ich mich vor ihm nur blamieren würde.

»Gib ihm Nachhilfe«, schlägt sie vor.

»In was? Ich weiß gar nicht, in welchen Fächern er schlecht ist oder ob er überhaupt in einem Fach schlecht ist«, gebe ich zu bedenken. »Vielleicht ist er ja hochbegabt und würde denken, dass ich mich für was Besseres halte. Man kann nie wissen.«

Sie zwinkert mir zu. »Dann lass dir von ihm Nachhilfe geben.« Der Gedanke gefällt mir ebenso wenig. Ich bin zwar keine Überfliegerin, aber ich möchte mich auf keinen Fall dümmer stellen, als ich bin. Also schüttle ich den Kopf.

Elif seufzt laut und lässt sich auf den Rücken fallen. Die weichen gehäkelten Kissen meines Bettes fangen sie auf. »Dann weiß ich auch nicht weiter.«

In der Tat haben wir bereits etliche Ideen durchgespielt, doch in meinen Ohren hört sich ein Vorschlag verrückter an als der nächste. Die Vorstellung, aktiv zu werden und Nils nach einem Treffen zu fragen, lässt mir das Herz bis zum Hals schlagen. Und diese Aufregung ist alles andere als angenehm. Das Joggen und Schminken waren passive Aufgaben, die ich erfüllen konnte, ohne dass Nils auf die Idee gekommen ist, dass ich diese Dinge nur seinetwegen unternehme. Zum ersten Mal seit Beginn dieser Challenge fange ich an zu grübeln. Vielleicht ist das alles eine Schnapsidee, und ich sollte mich lieber auf die Schule und meine Zukunft konzentrieren. Nils wird ja hoffentlich nicht der letzte sympathische Kerl sein, der mir in meinem Leben begegnet.

Andererseits passt bei ihm alles perfekt zusammen. Sportlich, gut aussehend und … und … ja, was und?

Plötzlich fällt mir auf, dass ich eigentlich gar nichts über Nils weiß. Der Einblick in seine Familie, den er mir während des Joggens gewährt hat, war zugegebenermaßen sehr klein. Außerdem hat er mir eher etwas über seine Mama verraten als über sich selbst. Aber nach so kurzer Zeit sollte ich nicht mehr erwarten, mir reicht das Gefühl, dass jedes Mal in mir auflebt, wenn er sich neben mich setzt. Da ist dieses aufgeregte Flattern in meiner Magengegend, welches mich wissen lässt, dass etwas zwischen uns ist oder es zumindest werden könnte.

Ich zucke mit den Schultern. »Dann muss ich wohl abwarten, bis sich irgendwann eine Gelegenheit bietet.«

Elif richtet sich wieder auf und stemmt die Ellbogen in die Matratze. »Das wird es ganz sicher.«

So zuversichtlich wie Elif bin ich leider nicht, denn selbst wenn sich eine Gelegenheit ergeben sollte, um Nils nach einem Date zu fragen, darf mich mein Mut nicht verlassen. Doch wie soll mich etwas verlassen, was wahrscheinlich noch nie da gewesen ist?

Am Montag versuche ich mich auf die Schule zu konzentrieren. Nur auf die Schule. Meine Träume in den letzten beiden Nächten waren konfus, und je dringender ich versucht habe, sie zu hinterfragen, desto schneller sind die Bilder wie Sand zwischen meinen Fingern zerronnen.

Im Traum habe ich ein Liebesgedicht geschrieben, doch nicht Nils hat es vorgelesen, sondern Vince – tonlos und ohne jede Emotion. Dann war da Elif, die mich schallend auslacht, weil ich mich nicht traue, den nächsten Schritt zu gehen und meinen Crush um ein Date zu bitten. Also laufe ich unter Elifs Gelächter mit mulmigem Gefühl zu Nils, nur um dann zu merken, dass ihm plötzlich Mund, Augen und Nase fehlen. Seine Gesichtszüge sind verschwunden, und ich bin nicht mehr sicher, ob er es wirklich ist – denn hinter diesem Nichts könnte schließlich auch jeder andere Junge mit einer ähnlichen Statur stecken.

Ich kenne mich nicht mit Traumdeutung aus und nehme mir vor, ein bisschen im Internet zu recherchieren. Vielleicht will mir mein Unterbewusstsein etwas mitteilen. Schließlich hat Bella aus *Twilight* im Traum ebenfalls Eingebungen gehabt, die ihr Antworten geliefert haben. So etwas sollte man also nie unterschätzen. Edward ist ein Vampir? Jacob ein Werwolf? Alles im Schlaf herausgefunden.

Das waren Bücher. *Fiktive Geschichten.*

»Pfff«, mache ich und verdrehe die Augen. *Vielen Dank für den Hinweis, liebste innere Klugscheißer-Stimme.*

»Was ist los? Checkst du was nicht?«, flüstert Nils und deutet mit seinem Kugelschreiber auf die Matheaufgaben vor mir. Erst jetzt merke ich, dass ich meinen Unmut laut ausgedrückt habe.

»Doch, alles gut«, antworte ich schnell. »Ich ... ich hab mich nur verschrieben.« Wie zur Bestätigung streiche ich meinen Rechenweg durch, obwohl ich kurz vor der Lösung stehe.

Wenn Elif unseren Wortwechsel mitbekommen hätte, hätte sie mich jetzt bestimmt angestupst und mit einem zweideutigen Grinsen und einem verschwörerischen Flüstern vorgeschlagen, die Chance zu nutzen und Nils auf die Nachhilfe anzusprechen. Aber bevor ich den Gedanken zu Ende bringen und mich überwinden kann, ist die Chance schon verstrichen, und unser Lehrer beginnt mit der Besprechung der Aufgaben.

Die Woche vergeht, und die Aufregung ebbt langsam ab. Der Schulalltag holt mich ein, und die anfängliche Schonfrist der Lehrkräfte hat ein Ende. Die Nachmittage fülle ich größtenteils damit, meine Mitschriften zu digitalisieren. Zwar verbringt Nils die Schulpausen mittlerweile mit Elif, Vince und mir, dennoch hat sich noch immer keine Gelegenheit geboten, mit den Tipps aus der Zeitschrift fortzufahren.

»Irgendwie siehst du anders aus als sonst.« Vince beißt von seinem Schinken-Käse-Sandwich ab und mustert mich prüfend.

Es ist große Pause, und nachdem die Herbstsonne heute besonders fröhlich strahlt, tummeln sich die meisten Leute im Pausenhof.

Elif legt einen Arm um mich. »Und das fällt dir erst jetzt auf? Dabei kommen ihre blauen Augen durch die Mascara noch viel stärker zum Ausdruck als sonst auch schon.«

Nils schaut von seinem Handy hoch und lächelt. »Das stimmt. Du hast wirklich schöne Augen, Juli.«

Elif drückt meine Schulter, und ich weiß ganz genau, dass sie ein aufgeregtes Quieken unterdrücken muss. Hitze steigt mir in die Wangen, und ich frage mich panisch, wie ich reagieren soll. *Wie wär's, wenn du dich bedankst?*

»Mascara wirkt echt wahre Wunder«, sage ich schnell, ignoriere meine innere Stimme und beiße von meinem Apfel ab. Warum fällt es mir so schwer, Komplimente anzunehmen? Vince runzelt die Stirn. »Das liegt nicht an der Mascara, Juli. Du bist wunderschön.«

Mir bleibt das Stück Apfel im Hals stecken, und meine Luftröhre zieht sich zusammen. Ich huste überfordert, und Elif klopft mir auf den Rücken. »Na, Schneewittchen, jetzt hast du gleich zwei Prinzen zur Auswahl. Wer darf dich retten?«

»Halt die Klappe«, röchle ich, aber Elif zwinkert nur vielsagend.

»In den nächsten zwei Wochen werdet ihr im Rahmen einer Projektarbeit in Gruppen Aufgaben zu verschiedenen Gedichten erarbeiten.« Alle um mich herum stöhnen, während ich aufhorche. Der Stift in meiner Hand, der die Worte *Liebe ist mehr* auf der Innenseite meines Deutschheftes immer und immer wieder nachfährt, hält inne. »Also findet euch jetzt bitte in Vierergruppen zusammen, danach erkläre ich euch die Aufgabenstellung«, informiert uns Frau Novak, unsere Deutschlehrerin. Sofort beginnt das Stühlerücken, und der Lärmpegel steigt an. Elif sucht meinen Blick, und ich winke sie zu uns.

»Hoffentlich müssen wir die blöden Gedichte nicht auswendig lernen«, ächzt Nils. »Ich dachte, aus dem Alter sind wir mittlerweile raus.«

Wärme steigt mir in die Wangen, nur diesmal nicht, weil ich aufgeregt oder verknallt bin. Nein, ich bin enttäuscht. Ich liebe Gedichte. Ich liebe die Tiefgründigkeit und Gefühle, die in all diesen perfekten Worten stecken, obwohl sie meist nur wenige Verse lang sind.

»Hm«, mache ich nur, weil ich nicht weiß, wie ich reagieren soll. Normalerweise verstecke ich meine Leidenschaft für Poesie nicht, aber irgendwie habe ich Angst, dass ich dann uncool wirken könnte.

»Huhu!« Elif hüpft zu uns herüber. Sie quetscht sich zu mir auf den Stuhl, sodass wir beide nur mit einer Pobacke draufpassen. »Projektarbeit ist ja eigentlich gar nicht meins, aber wenigstens sind wir eine coole Gruppe.«

Vince beugt sich zu uns vor. »Kann ich bei euch mitmachen?«

»Klar!« Ich nicke begeistert.

Elif, Vince, Nils und ich in einer Gruppe – Elif hat recht, das wird bestimmt lustig.

Vince rückt an unseren Tisch heran. »Bin mal gespannt, um welches Gedicht es geht.«

»Hoffentlich nichts Langes.« Nils verdreht die Augen. »Meistens ergeben die Texte doch eh keinen Sinn.«

Mein Herz blutet, und ich presse die Lippen aufeinander.

»Also, es gibt echt ein paar Gedichte, die viel Potenzial haben und Geschichten erzählen«, gibt Vince zu bedenken.

Meine Augen huschen zu ihm, und unsere Blicke treffen sich. Ich erkenne keine Ironie in seinen Worten, und sein Ausdruck ist entspannt. Offenbar meint er es ernst, und bei dieser Erkenntnis macht mein Herz ein paar kleine übermütige Hüpfer. Mein bester Freund hat die Worte ausgesprochen, für die mir der Mut gefehlt hat, obwohl sie mir so wichtig sind.

Nils grinst. »Dann haben wir ja schon jemanden, der sich in der Analyse von Gedichten auskennt.«

Vince zuckt mit den Schultern. »Klar, kein Ding.«

Während Frau Novak uns die Aufgabe erklärt und schließlich jeder Gruppe ein Gedicht zuweist, spüre ich immer wieder seinen Blick auf mir. Egal, weswegen er meine Leidenschaft verteidigt hat, ich bin ihm unendlich dankbar.

8. Kapitel

Ein perfekter Plan. Spaß.
Eigentlich ist er sogar ziemlich miserabel.

»Du bist back in the game«, flüstert mir Elif zu, als der Schulgong zur Pause ertönt und wir uns aus dem Klassenzimmer drängen.

»Hä?«, mache ich verständnislos und beiße im Gehen ein Stück von meiner Breze ab. Mein Magen hat bereits den ganzen Vormittag geknurrt, und jede Faser meines Körpers freut sich auf diesen Moment.

Elifs Augenbrauen wandern in die Höhe. »Sag bloß, du bist nicht selbst auf diese Idee gekommen.«

Irritiert höre ich auf zu kauen. »Ähm?« Ich überlege, ob wir vorhin ein Gesprächsthema hatten, an das sie jetzt anknüpfen möchte, aber zum Reden hatten wir bis jetzt kaum Gelegenheit.

»Ich helfe dir gerne auf die Sprünge: die Projektarbeit in Deutsch! Das ist die Gelegenheit, euch zu treffen.« Sie zwinkert mir zu. »Es geht dir nur um Schularbeiten, nicht um ein heißes Date.«

Erschrocken schaue ich mich um. Wenn meine Klassenkameraden das hören - oder noch schlimmer Nils selbst -, bin ich die verknallte Lachnummer der nächsten Wochen.

»Ach, ich weiß nicht«, murmle ich und schlucke endlich das matschige Stück Breze runter. »Wir sind eine Vierergruppe. Es wäre schon komisch, wenn ich nur ihn einlade und euch nicht, schließlich müssen wir gemeinsam am Projekt arbeiten.«

Meine Freundin verdreht die Augen, so als stünde ich auf der längsten Leitung der Menschheitsgeschichte. »Na klar lädst du uns ein! Aber ...«, sie hustet und hält sich theatralisch die Hand an die Stirn, »... ich glaube, ich werde wegen Krankheit absagen müssen. Ich spüre die fiese Erkältung schon jetzt.«

Widerwillig muss ich lachen, Elif ist einfach die süßeste Person. »Und Vince? Wird Vince auch krank?«

»Nein, Vince wird nicht krank. Vince muss auf seinen kleinen Bruder aufpassen.«

»Ich werde ihn ganz sicher nicht einladen und gleichzeitig bitten abzusagen. Er würde mich für verrückt halten.«

Sie zuckt mit den Schultern. »Dann soll er halt.«

Ich beiße noch ein Stück von meiner Breze ab, was mir Zeit gibt, um nachzudenken. Tatsächlich wäre das die Chance, auf die ich gewartet habe, und ich könnte die Tipps von Ella endlich weiterverfolgen. Und doch ... jetzt, da es so weit scheint, verlässt mich abermals der Mut. Was ist, wenn ich Elifs Plan durchziehe, aber dieser Nils vielleicht zu offensichtlich zeigt, dass ich ihn mag? Ich würde im Erdboden versinken! Trotzdem. Welche Möglichkeiten bleiben mir sonst? Würde ich mich später fragen, was passiert wäre, wenn ich mutiger gewesen wäre? Wenn ich mich getraut hätte, einfach mal über meinen Schatten zu springen? Außerdem, vielleicht klappt es ja auch, und Nils und ich kommen uns näher!

»Also«, sage ich kauend. »Eventuell können wir es versuchen.«

»Yay!«, jubelt Elif und stößt die Fäuste in die Luft. »Glaub mir, das wird so was von funktionieren!«

»Was wird funktionieren?«, fragt Nils hinter uns.

Mein Herz bleibt stehen, und ich wirble herum.

Nils und Vince blicken uns fragend an, beide halten in den Händen ein Pizzastück, das sie sich gerade beim Pausenverkauf bestellt haben.

Wie lange stehen sie schon hinter uns? Was haben sie gehört?

Auch Elif dreht sich um, ihre Miene ist schuldbewusst, als sie mir einen schnellen Blick zuwirft. »Unser ... Deutschprojekt?«, antwortet sie, obwohl es mehr wie eine Frage klingt.

Nils verzieht die Mundwinkel. »Dich bringen Hausaufgaben zum Jubeln?«

Elif wird knallrot. »Ja ... ähm ... ständig.«

Vinces Augenbrauen wandern nach oben, aber er kommentiert ihre Aussage nicht weiter.

Ich räuspere mich. »Ich dachte, wir könnten uns alle zusammen die Woche bei mir treffen, damit wir am Projekt arbeiten können.« Jetzt ist es raus.

»Super Idee.« Elifs Antwort kommt wie aus der Pistole geschossen.

»Ja, wäre vermutlich das Beste«, bestätigt auch Nils.

Mein Herz klopft wie wild, und das überwältigende Gefühl der Aufregung schwappt durch meinen gesamten Körper. Als auch Vince dem Treffen zustimmt, ist es beschlossene Sache. Nie hätte ich gedacht, dass mir der Deutschunterricht die Gelegenheit bietet, meinem Crush näherzukommen. Ich bin stolz auf mich, dass ich mutig war, und warte dennoch darauf, dass sich dieser Mut und all meine Aufregung in blanke Panik verwandeln.

Samstagnachmittag ist es schließlich so weit, denn in einer Stunde, genau um fünfzehn Uhr, kommen meine Klassenkameraden, um mit mir an unserem Deutschprojekt zu arbeiten. Zumindest habe ich das meinen Eltern erzählt, als sie heute Morgen für einen Tagesausflug nach Salzburg aufgebrochen sind und mich mitnehmen wollten. Ich bin so froh, dass Mama und Papa heute unterwegs sind, denn mit ihnen in der Wohnung würde mein Date mit Nils nur halb so romantisch werden ... beziehungsweise gar nicht.

Zur Vorbereitung wische ich mich durch Ellas TikTok Account, auf welchem sie jede Menge Tipps zum Thema Dating und Liebe verteilt. »Peele deinen Körper und rasiere deine Beine, so fühlst du dich gleich viel verführerischer.« Ich ziehe eine Augenbraue in die Höhe. Es ist Herbst, und draußen sind ungefähr fünfzehn Grad und Regen. Ich werde ganz sicher nichts anziehen, wodurch Nils ein Blick auf meine nackten Beine möglich sein wird. Aber ich befolge Ellas Rat dennoch, da ich mir einrede, mich mit glatten Beinen besser zu fühlen. Außerdem berühren wir uns vielleicht zufällig an den Armen, und ihm wird auffallen, was für eine weiche Haut ich habe, und das wird ihm natürlich in Erinnerung bleiben, und dann wird er vor dem Einschlafen an mich denken, und er wird später erzählen, dass das der Moment war, als ihm bewusst wurde, dass er mehr für mich empfindet, und … und … und. Meine Gedanken spinnen sich bereits den ganzen Tag ihre eigene Liebesgeschichte.

Schließlich sind meine Haare geföhnt und mein Make-up aufgetragen. Sicherheitshalber schicke ich Elif eine kurze Nachricht.

ICH

Hast du mit Vince geredet?

Keine Minute später folgt ihre Antwort.

ELIF

Ja, er war zwar irgendwie angepisst, aber er meinte, er kommt nicht.

Ich atme tief durch und beiße mir auf die Lippe. Mein schlechtes Gewissen meldet sich, weil ich Vince in die Sache hineingezogen habe, ohne mit ihm darüber zu sprechen. Elif hat sich angeboten, und ich habe dankend angenommen, weil ich zu feige war, es selbst zu machen. Es wäre ein sehr unangenehmes Gespräch geworden, zumal ich das Gefühl habe, dass Vince der ganzen Nils-Sache eher skeptisch gegenübersteht. Immer wenn Elif und ich über ihn sprechen, verdreht

Vince die Augen oder schnaubt genervt. Ich verstehe natürlich, dass ihn diese Themen wenig interessieren, aber ich würde mir doch auch seine Schwärmereien anhören, wenn es ein Mädchen geben würde, das ihn interessiert.

Ich schicke Elif noch schnell ein Foto von meinem Outfit. Eine schwarze, halb durchsichtige Strumpfhose und ein beerenfarbenes enges Wollkleid, das mir fast bis zu den Knien reicht. So schick ziehe ich mich in der Schule nie an und meistens auch sonst nicht. Aber das muss Nils ja nicht wissen.

ICH

Bin ich overdressed?

ELIF

Nein!!! Du siehst sooo gut aus! Ruf mich unbedingt an, wenn er weg ist. Ich drück dir die Daumen, es wird sooo toll!

Als es an der Tür läutet, schnellt mein Puls in die Höhe. *Okay, jetzt ist es so weit. Mach dich nicht zum Affen, sei nicht peinlich, sei cool.* Ich verdränge meine wenig mutmachenden Gedanken und öffne die Tür.

»Hi, Juli«, begrüßt mich Nils in grauer Jogginghose und Vans. Der Gurt seiner Laptoptasche hängt lässig über seiner Schulter.

»Hi«, antworte ich atemlos. »Komm doch rein.«

Mir entgeht nicht, dass er mich von oben bis unten mustert. »Du siehst irgendwie anders aus als in der Schule«, meint er nur.

Na, das will ich doch hoffen. Ich habe die letzten drei Stunden damit verbracht, mich aufzustylen.

»Echt?«

»Ja, siehst gut aus.«

»Ach …« Ich winke ab, anstatt mich für das Kompliment zu bedanken.

Nils schlüpft aus seinen Schuhen. »Sind die anderen beiden schon da?«

Jetzt sind meine Schauspielkünste gefragt. »Nein. Elif hat sich irgendwas eingefangen, sie ist krank. Und Vince … Er muss auf seinen kleinen Bruder aufpassen.«

Nils schaut sich im Flur um, so als wolle er sich vergewissern, dass die beiden sich nicht hinter den Jacken an der Garderobe verstecken. »Sie kommen nicht?«

Ich verziehe das Gesicht und schüttle den Kopf. »Ich weiß, voll blöd.«

»Vermutlich wollen sie sich nur vor der Arbeit drücken«, meint Nils, doch ich schüttle schnell den Kopf.

»Wir werden heute sowieso nicht fertig, und dann müssen Elif und Vince einfach mehr von den restlichen Aufgaben übernehmen.« Er nickt, und ich zeige zur Wohnzimmertür. »Am besten, wir setzen uns auf die Couch.« Erst hatte ich an den Küchentisch gedacht, aber der ist für ein Date nicht sehr gemütlich.

Nils folgt mir ins Wohnzimmer, wo bereits die große beige Couch mit den vielen herbstlichen Kissenbezügen auf uns wartet.

Meine Mama ist verrückt nach jeglicher Dekoration, die genau verrät, in welcher Jahreszeit wir uns gerade befinden. Zu Weihnachten lebt sie sich immer besonders intensiv aus, sodass wir uns zu dieser Zeit vor Lichterketten, Tannenzweigen und Kerzen in Schneeflocken- oder Nikolausform kaum noch retten können.

»Magst du was trinken?«, frage ich Nils, als er auf der Couch Platz nimmt und den Reißverschluss seiner Laptoptasche öffnet. »Wir haben Tee, Kakao, Cola, Wasser oder Apfelschorle.«

Er nickt. »Gerne Cola.«

Die offene Küche grenzt ans Wohnzimmer, sodass ich Nils verstohlene Blicke zuwerfen kann, während er seinen Laptop hochfährt und ich die Cola in ein Glas fülle. Hätte mir jemand am ersten Schultag gesagt, dass der mysteriöse neue Junge nur ein paar Wochen später bei mir im Wohnzimmer sitzt, hätte ich ihn für verrückt erklärt.

Alleine, nur wir beide. Keine Eltern, die stören könnten, und keine Freunde, die … Plötzlich klingelt es an der Tür.

9. Kapitel

Du, ich und mein bester Freund

Es klirrt, als ich die Colaflasche unsanft auf der Arbeitsplatte der Kücheninsel platziere. Verdutzt blicke ich in Richtung Tür.

»Vermutlich nur ein Paket«, murmle ich und stelle Nils auf dem Weg zur Tür sein volles Glas auf den Couchtisch. »Bin gleich wieder da.«

Bevor ich öffne, schaue ich kurz durch den Türspion, und verstehe die Welt nicht mehr. Ich reiße die Tür auf. »Vince, was machst du denn hier?!«, flüstere ich überrascht.

Vince steht vor mir, und genau wie Nils hat er eine Laptoptasche dabei. Ich runzle die Stirn.

»Ja, ja, ich weiß.« Vince quetscht sich an mir vorbei in den Flur. »Ich bin zu spät.«

»Nein, äh … das meine ich nicht.« Überfordert sehe ich ihm zu, wie er seine Schuhe abstreift und seine Jacke an einen Garderobenhaken hängt. Die Tür fällt zurück ins Schloss. »Hat Elif nicht mit dir geredet?«

Nun hält er doch inne. »Ach so, *das*. Doch, sie hat mit mir geredet, aber – sorry, Juli – ich halte das für 'ne blöde Idee. Wenn wir heute nicht mit dem Projekt anfangen, kommen wir in Zeitnot, und ihr könnt euch ja auch wann anders daten.«

»Shhhhh!«, mache ich und schaue panisch zur Wohnzimmertür.

Vince verdreht die Augen. »Er wird uns schon nicht hören. Aber bitte frag ihn das nächste Mal einfach nach einem Date, bevor du unsere Schulnoten gefährdest.«

»Seit wann sind dir Schulnoten denn so wichtig?«, frage ich genervt.

»Seit Elif über Hausaufgaben jubelt«, erwidert er trocken.

Ich öffne den Mund und schließe ihn wieder. Eins zu null für ihn. Also drehe ich mich um und stapfe ins Wohnzimmer.

»Du siehst übrigens sehr gut aus. So wie immer«, murmelt Vince hinter mir.

Den letzten Satz höre ich kaum und bin mir nicht sicher, ob ich ihn richtig verstanden habe. Aber er reicht aus, um mich aus dem Konzept zu bringen.

»Vincent ist … äh … hier«, informiere ich Nils, als wir ins Wohnzimmer treten.

»Cool, musst du doch nicht auf deinen kleinen Bruder aufpassen?«

Nils scheint sich echt zu freuen, was mir wiederum einen kleinen Stich versetzt.

»Nein, meine Eltern fahren doch nicht weg. Haben es sich anders überlegt.« Er lässt sich neben Nils auf die Couch fallen, genau dort, wo ich mich eigentlich hinsetzen wollte, um Nils möglichst nahe zu sein. Na, vielen Dank auch.

»Magst du auch eine Cola?«, frage ich Vince mürrisch.

»Mir wäre ein Tee lieber, wenn es dir keinen Aufwand macht.«

Vermutlich hätte ich behauptet, dass wir keine Teebeutel mehr haben, wenn ich nicht gerade vorgehabt hätte, mir ebenfalls einen aufzugießen. Also mache ich mich am Wasserkocher zu schaffen und versuche währenddessen heimlich eine Nachricht an Elif zu verschicken.

ICH

Vince ist hier!

ELIF

Hä, wieso?

ICH

Na, weil er am Projekt arbeiten will.

ELIF

Aber ich hab heute Vormittag mit ihm telefoniert. Hat er das etwa schon wieder vergessen?!

ICH

Er meinte, er wolle sich seine Schulnote nicht versauen.

ELIF

?????????

Ich hole zwei Tassen aus dem Küchenschrank und suche aus meiner Teeschublade zwei Teebeutel aus – Früchtetee geht immer. Als ich das nächste Mal auf mein Handy schaue, hat Elif noch eine weitere Nachricht geschickt.

ELIF

Ich ruf ihn an.

Und tatsächlich zieht Vince einen Moment später sein vibrierendes Smartphone aus der Tasche, mustert das Display und runzelt die Stirn. »Hi?«

Während ich den Tee aufgieße, beobachte ich ihn beim Telefonieren genau, schließlich kann ich mir gut vorstellen, wie Elif ihn gerade zur Sau macht. Als sein Blick zu mir gleitet, tue ich so, als würde ich sehr intensiv die Teebeutel im Wasser schwenken. Rote Schlieren vermischen sich mit der durchsichtigen Flüssigkeit.

»Sorry, die Verbindung ist ultraschlecht, ich hab hier kein Ne–« Vince beendet das Telefonat mitten im Satz und legt seelenruhig das Handy auf den Couchtisch.

»Wer war das?«, fragt Nils belustigt.

»Vielleicht ein Notfall?«, helfe ich Vince auf die Sprünge.

Unsere Blicke treffen sich. »Nope, nur meine Mama, die denkt, sie könnte mir Vorschriften machen.«

Haha, wie lustig. Ich fasse es nicht, wie sich mir mein bester Freund so offensichtlich in den Weg stellt und ganz bewusst meine Zweisamkeit mit Nils stört. Er weiß doch, dass ich ihn gerne mag!

Nils schüttelt den Kopf. »Das kenne ich nur zu gut. Mein Papa ruft mich auch ständig an.«

Ich packe die zwei Tassen, sodass der Tee darin bedenklich schwappt, und stelle sie ebenfalls auf dem Couchtisch ab. Dann setze ich mich neben Vince, der für eine natürliche Abgrenzung zu Nils sorgt. Das werde ich ihm nie verzeihen.

Wir arbeiten eine Stunde konzentriert, erstellen eine Liste mit Aufgaben, die zu erledigen sind, und verteilen sie auf uns – ich werde das Gedicht in einen Zeitungsbericht umschreiben. Am liebsten würde ich die beiden Jungs nach Hause schicken und für mich alleine weiterarbeiten. Die Enttäuschung drückt auf meine Stimmung, obwohl ich mich so gefreut habe, gemeinsam mit Nils meiner Leidenschaft für Gedichte nachzugehen. Denn ich bin mir sicher, wenn ich ihm die Poesie erst mal nähergebracht habe, wird er genauso begeistert sein wie ich. Seine Abneigung kommt bestimmt nur daher, dass er sich noch nie ernsthaft damit auseinandergesetzt hat.

Als Nils aufs Klo verschwindet, kann ich mich nicht mehr zurückhalten. »Warum bist du wirklich hier?«, zische ich, als Nils die Tür zum Flur hinter sich schließt und außer Hörweite ist.

Vince zieht verständnislos die Augenbrauen zusammen. »Weil wir an einem Schulprojekt arbeiten müssen.«

»Aber Elif hat doch mit dir geredet. Das hier heute war meine Chance, mit Nils alleine zu sein.«

Er seufzt genervt. »Du wirst noch oft genug alleine mit ihm sein.«

»Woher willst du das wissen?«, zische ich.

Er nimmt den Laptop von seinem Schoß und stellt ihn auf den Couchtisch. »Warum stehst du auf ihn?«

Mit dieser – sehr direkten – Gegenfrage habe ich nicht gerechnet. Ich öffne den Mund, schließe ihn aber wieder, als ich merke, dass ich die Antwort nicht kenne. »Ich mag ihn halt«, entgegne ich dann nach ein paar Sekunden beleidigt und verschränke die Arme vor der Brust. Wie soll ich Vince dieses flattrige Gefühl erklären, das ich habe, seit Nils mir zum ersten Mal in die Augen gesehen hat? Er würde es nicht verstehen.

Vince mustert mich prüfend. »Dachte ich's mir doch.«

»Was dachtest du dir?«, frage ich gereizt und werfe einen Blick zur Tür. Nils wird bestimmt gleich wieder da sein, und er darf nichts von unserer absurden Unterhaltung mitkriegen.

»Du weißt es gar nicht«, stellt Vince fest.

Ich schnaube und werfe die Hände in die Luft. »Wie soll man denn Gefühle erklären, Vince? Sie sind einfach da!«

»Wie du meinst«, murmelt er und zieht den Laptop wieder zu sich heran, ein unmissverständliches Zeichen, dass für ihn die Diskussion beendet ist.

Ich atme tief durch, versuche den Ärger runterzuschlucken und nichts weiter zu entgegnen. Vince ist mein bester Freund, und ich wünsche mir, dass er mich unterstützt – egal, worum es geht. Bis jetzt konnte ich mich immer auf ihn verlassen. Warum ist es bei dieser einen Sache plötzlich anders?

»Sorry, ich hab alles versucht, aber der Sack hat einfach aufgelegt«, empört sich Elif am Telefon. Es ist acht Uhr abends, ich liege angezogen im Bett und starre an die weiße Decke, während sich meine beste Freundin zum dritten Mal entschuldigt.

»Du kannst nichts dafür«, wiederhole ich. »Vielleicht war das auch eine blöde Idee, und ich muss diesen Tipp von Ella überspringen.«

»Ja, vielleicht«, stimmt Elif zu. »Die Tipps sind eventuell auch nicht auf jede Konstellation anwendbar, und so ein Date-aber-kein-Date ist nur bei Leuten möglich, die sich schon viel länger kennen. So wie bei Vince und dir zum Beispiel. Er würde sich nichts dabei denken, wenn du ihn spontan zu einem Serienabend einlädst.«

Ich nicke, bis mir einfällt, dass sie mich nicht sehen kann. »Stimmt.«

»Ich frage mich nur, warum Vince heute bei dir aufgetaucht ist. Als wir telefoniert haben, war er zwar nicht begeistert, aber er hat versprochen, nicht zu dir zu fahren. Und dann – bäm – ein paar Stunden später der totale Sinneswandel.«

»Du kannst ihn ja am Montag fragen«, schlage ich halbherzig vor. »Ich werde es jedenfalls nicht tun. Vorhin habe ich schon versucht mit ihm zu reden, und er hat nur abgeblockt. So kenne ich ihn gar nicht.«

Auf der anderen Seite der Leitung ist es für einen Moment still, und ich kann die Regentropfen gegen meine Scheibe ploppen hören.

»Glaubst du, er ist eifersüchtig?«, fragt Elif nach einer Weile. »Letztens beim Kochen habe ich das eigentlich nur zum Spaß gesagt.«

»Du meinst, dass er Angst hat, nicht mehr der einzige Junge in unserer Clique zu sein?« Ich schnaube. »Das wäre lächerlich.«

»Vielleicht ist es auch eine Art Beschützerinstinkt. Ich kann mir gut vorstellen, dass wir für ihn wie Schwestern sind. Jetzt verknallst du dich in einen fremden Typen, und er will nicht, dass du verletzt wirst«, rät sie weiter. »Für mich ist er jedenfalls wie ein Bruder.«

»Das schon eher.« Ich denke zurück, an unser kurzes feindseliges Gespräch, als er von mir unbedingt hören wollte, warum ich etwas für Nils empfinde. »Egal, welche Gründe er hat. Ich will, dass er Klartext mit mir spricht, wenn ihm etwas nicht passt. Dieses Hin und Her macht mich verrückt.«

»Das verstehe ich«, sagt Elif mitfühlend. »Du, anderes Thema, weil der Flyer gerade vor mir liegt. Hast du schon ein Kostüm für die Halloweenparty?«

Ich schließe die Augen. »Oje, die habe ich voll vergessen.«

»Sehr gut, ich nämlich auch. Dann können wir gemeinsam was shoppen.«

»Gute Idee, das haben wir schon ewig nicht mehr gemacht. Lass und gleich am Montag gehen, da ist die Stadt nicht so überfüllt.«

»Gerne, ich freu mich jetzt schon!«, juchzt sie. »Wir werden auf der Party großartig aussehen.«

Ich lache. »Das hoffe ich doch! Außerdem könnten wir uns dann gleich um den nächsten Ella-Tipp kümmern.«

»Uhhh, ich bin dabei. Was schlägt sie vor?«

10. Kapitel

Kleider täuschen Leute. Moment mal.
Ging das Sprichwort nicht irgendwie anders?

Kleiderbügel für Kleiderbügel schiebe ich die engen bauchfreien Tops von rechts nach links. Auch wenn ich diese Oberteile an vielen anderen Mädchen sehe und sie damit fantastisch aussehen, bin ich mir unsicher, ob ich so etwas wirklich tragen kann.

»Vielleicht gefällt dir ja der klassische Look besser«, überlegt Elif, während sie sich einmal im Kreis dreht, um den Klamottenladen mit ihren Augen zu scannen. »Den trag ich am liebsten.«

Ich werfe ihr einen kurzen Blick zu. Elif ist meist in Beige, Weiß und Schwarz gekleidet, und es wirkt edel, ohne Frage. Doch wenn ich Stoffhosen und Blusen anprobiere, fühle ich mich verkleidet.

»Ich glaube nicht, dass mir das steht«, antworte ich nur, weil ich nicht möchte, dass sie denkt, mir gefalle ihr Style nicht. »Außerdem ist Nils eher der Skater-Typ – ich sollte also in diese Richtung gehen.« Am Wochenende habe ich mir viele Gedanken zu Ellas nächstem Tipp gemacht.

4. Tipp

Sortiere deine alten langweiligen Klamotten aus und werde zur Styling-Queen. So wirst du selbstbewusster und deinem Crush in einem völlig neuen Licht erscheinen!

Wenn dieser Tipp Sinn ergeben soll, dann muss ich einen Stil wählen, den Nils schön findet. Das Problem ist nur, dass ich ihn logischerweise nicht fragen kann, was ihm gefällt. Wie schräg wäre diese Unterhaltung – vor allem, wenn ich einen Tag später mit seinen Lieblingsklamotten auftauche.

»Wie kleiden sich denn Skater-Girls?«

»Warte.« Ich zücke mein Handy und suche in meiner Galerie nach den Screenshots, die ich gestern als Inspirationsquelle gespeichert habe. »So in etwa.« Ich halte ihr das Display unter die Nase.

»Weite zerrissene Hose, bauchfreies Top und Hoody. Na, das sollten wir doch hinbekommen.« Elif nickt zu der Kleiderstange vor mir. »Dann nimm dir doch eins von den Tops. Und wir sollten auf jeden Fall nach einer Cap schauen.«

Ich entscheide mich schließlich für eine helle zerrissene Hüftjeans, ein schwarzes weites Crop-Top und eine graue Sweatshirtjacke mit Kapuze. Als ich mich im Spiegel meiner Ankleidekabine betrachte, muss ich mir eingestehen, dass ich darin gut aussehe. Bis jetzt war meine Kleidung meist sehr neutral – in schlichten Jeans und T-Shirts habe ich mich immer sehr wohlgefühlt. Aber Ella hat recht. Wenn ich Nils auffallen möchte und selbstbewusst werden will, muss ich mich aus meiner Comfort-Zone trauen.

Elif überredet mich schließlich noch, lila Vans und eine dazu passende Cap zu kaufen, um das Outfit abzurunden. Sie klatscht in die Hände. »Oh, ich bin so gespannt auf morgen, wenn du alles trägst. Nils wird Augen machen!«

Mein Herz schlägt schneller, wenn ich daran denke, mich morgen neben Nils zu setzen. Wird es ihm auffallen?

Den restlichen Nachmittag verbringen Elif und ich damit, uns in die unterschiedlichsten Halloween-Kostüme zu zwängen, bis mein Bauch vor lauter Lachen wehtut, weil wir so verrückt aussehen. Meine Freundin entscheidet sich schließlich für ein Albert-Einstein-Kostüm mit weißem Kittel und einer wirren grauen Perücke, während ich ein klassisches schwarzes Hexenkostüm mit Glitzerzauberstab kaufe.

Ich bin mir meines nackten Bauchs schrecklich bewusst, als ich am nächsten Morgen das Schulgebäude betrete und die Stufen zum Klassenzimmer emporsteige. Warum habe ich mich nicht für ein einfaches T-Shirt entschieden? Vor lauter Angst, mein Bauch könnte zu wabbelig aussehen, habe ich sogar auf das Frühstück verzichtet. Ein

Fehler, denn schon jetzt macht er mit einem leisen Knurren auf sich aufmerksam. »Ist ja schon gut«, murmle ich genervt.

»Hi, Juli!« Vince holt mich auf der Treppe ein, in der einen Hand eine Wasserflasche, in der anderen eine Käsebreze.

»Hi.« Ich nicke ihm zu, unschlüssig, ob wir noch böse aufeinander sind.

Er hebt die Hände. »Ich komme in Frieden, ehrlich.« Ein schiefes Grinsen liegt auf seinem Gesicht.

Erleichtert schüttle ich den Kopf. »Alles vergessen.«

»Wow, hast du neue Sachen?« Vince mustert mich von oben bis unten, und für meinen Geschmack bleibt sein Blick viel zu lange an meinem Bauch hängen. Ich wickle mir die Sweatshirtjacke fest um den Körper.

»Schau nicht so«, bitte ich ihn. »Obwohl ich heute Morgen extra nichts gegessen habe, ist mein Bauch nicht flach.«

Vince, der sich gerade ein Stück seiner Breze in den Mund schiebt, bleibt stehen. »Du hast nicht gefrühstückt, weil du denkst, dein Bauch ist nicht flach genug?«, wiederholt er mit großen Augen.

Ich seufze und bleibe zwei Stufen über ihm stehen. »Ich weiß, dass das blöd ist, aber ich will schön aussehen.«

»Du siehst schön aus!«, sagt er mit vollem Mund, was dazu führt, dass ich ihn kaum verstehe. Er kaut schnell, schluckt die Breze hinunter und springt die beiden Stufen zu mir hoch. »Du bist schön – so wie du bist! Okay? Was ist denn nur in letzter Zeit los mit dir? So kenne ich dich gar nicht.«

»Ich …«, fange ich unsicher an, weil er mir schon zum dritten Mal in kurzer Zeit ein Kompliment macht. Wir kennen uns seit der fünften Klasse, und ich kann mich höchstens an eine Handvoll Komplimente erinnern, die er mir seitdem gemacht hat. »Ich … nichts ist mit mir. Was ist los mit dir?«

Wir starren uns mehrere Sekunden lang unverwandt an. Ich sehe etwas in seinem Blick glitzern, was ich nicht greifen kann. Vielleicht ist es Verzweiflung oder Ungeduld?

Er öffnet den Mund.

»Juli, Vincent.« Die tiefe Stimme von Herrn Müller reißt uns aus einer Art Trance, und ich richte mich erschrocken auf. »Ihr könnt mich gleich ins Klassenzimmer begleiten, sonst kommt ihr noch zu spät zum Unterricht - und das wollt ihr sicher nicht.« Er lacht über seine eigenen Worte und winkt uns voran.

Während wir die Treppen nach oben schlurfen, drückt mir Vince seine Käsebreze in die Hand. »Wenn du Hunger hast, dann iss bitte auch«, murmelt er.

»Aber ich –« Weiter komme ich nicht, weil er zwei Stufen auf einmal nimmt, um zu Herrn Müller aufzuschließen und ihn etwas über die gestrigen Hausaufgaben zu fragen.

Ich schaue Vince nach und vergesse beinahe, weiterzulaufen. In letzter Zeit werde ich aus meinem besten Freund nicht mehr schlau.

Ich lasse meinen Rucksack von der Schulter gleiten und schiebe mich auf meinen Platz. Schräg hinter mir setzt sich Vince auf seinen Stuhl.

Ich bin mir seiner Anwesenheit seltsamerweise sehr bewusst, und aus den Augenwinkeln nehme ich jede seiner Bewegungen wahr.

Nils dreht sich zu mir. »Cooler Style!«

Gerade noch habe ich überlegt, von Vinces Breze abzubeißen, doch als Nils fragt, wo ich die Klamotten gekauft habe, stopfe ich sie zurück in die Papiertüte und lege sie auf den Tisch vor mir. Auch wenn mein knurrender Magen es anders sieht, zum Essen habe ich später noch genug Zeit.

11. Kapitel

Flirten für Anfängerinnen.
Blutige Anfängerinnen.

Es wird kühler und regnerischer, als der Herbst Fahrt aufnimmt. Doch die Farben der Jahreszeit leuchten noch immer fröhlich, und ich liebe es, zu Hause mit meiner Kuscheldecke am Fenster zu sitzen und Gedichte zu schreiben. Heute aber hat sich ein trüber Schleier über die Stadt gelegt, und während dicke Regentropfen an mein Fenster prasseln, bin ich drauf und dran, die Halloweenparty sausen zu lassen. Eigentlich hatte ich mich sehr darauf gefreut, doch wenn ich nun nach draußen schaue, hält sich meine Vorfreude in Grenzen. Aber wenn ich Elif jetzt schreiben würde, dass ich zu Hause bleiben möchte, würde sie mich vermutlich so lange überreden, bis ich einknicke. Also kann ich mir die Aufregung sparen und darauf warten, dass sie am Nachmittag vorbeikommt, um mich zu einer Hexe zu schminken.

Denn meine Make-up-Künste reichen noch nicht aus, um verführerische Smokey-Eyes zu vollbringen.

»Bist du aufgeregt?«, fragt mich Elif wenige Stunden später, als sie gerade Blush auf meinen Wangen verteilt. Wir sitzen uns auf meinem Bett gegenüber, Elif im Schneidersitz, während ich nur das eine Bein angewinkelt zu mir herangezogen habe, damit das andere Bein vom Bett baumeln kann. Noch immer fällt es mir schwer, das Knie zu belasten. »Heute folgt der finale Tipp, der letzte Schritt in deinem Nils-wird-dein-Freund-Plan.«

»Schon verrückt«, gestehe ich. »Irgendwie habe ich keinen der Tipps wirklich gut umgesetzt.« Dabei denke ich vor allem an die Entzündung in meinem Knie und die Unsicherheit, wenn ich Make-up und meine neuen Klamotten trage.

»Hast du nicht?«, meint Elif stirnrunzelnd. »Also, so wie dich Nils in letzter Zeit ansieht, musst du so einiges richtig gemacht haben, wenn du mich fragst.«

»Hm«, mache ich nur, weil ich Elif noch nicht erzählt habe, dass ich mich mit meinem neuen Style nicht identifizieren kann. Ich verstehe nicht, warum ich anders bin. Viele meiner Klassenkameradinnen, die sich schminken und die modernsten Trends tragen, scheinen so viel selbstbewusster zu sein. Ich dachte, das wäre der Schlüssel zu meinem neuen Ich. Das neue Ich, das Nils von den Socken hauen wird. Stattdessen fühle ich mich unbeholfen, zupfe ständig an mir herum und überprüfe mein Spiegelbild. Vor ein paar Wochen ging ich noch davon aus, dass sich das bald legen würde, aber heute bin ich mir nicht mehr sicher. Wie viel Zeit soll ich mir noch geben, bis die positive Wirkung einsetzt?

»Ich weiß nicht, wie ich Ellas letzten Tipp umsetzen soll«, gestehe ich schließlich, denn er macht mir schon seit ein paar Tagen Bauchschmerzen.

5. Tipp

Zeige deinem Crush, wie beliebt du bist! Flirte mit anderen und mache ihn eifersüchtig. Spätestens dann wird er merken, dass er nicht ohne dich kann!

Wie soll ich auf einer Schulparty mit anderen flirten und ihnen gleichzeitig klarmachen, dass ich nicht wirklich an ihnen interessiert bin? Das ergibt keinen Sinn. Und sie in dem Glauben zu lassen, ich würde mehr wollen, möchte ich auch nicht. Ich werde nicht mit den Gefühlen von irgendwelchen Jungs spielen, nur weil Nils dadurch eventuell merkt, dass er etwas für mich empfindet.

»Du könntest Vince bitten, einen Flirt mit dir zu faken«, schlägt Elif vor und legt den Pinsel zur Seite, um in ihrem Kosmetiktäschchen zu kramen.

Ich schüttle den Kopf. »Das hat das letzte Mal schon nicht geklappt. Du erinnerst dich?«

»Ja, ich weiß«, seufzt sie. »Du könntest ihn zumindest fragen.«

Elif hat recht, mir wäre es sehr viel lieber, den Abend mit jemandem zu verbringen, den ich mag, als mit einer fremden Person, der ich noch dazu die peinliche Geschichte erzählen muss, warum ich ihn zum Flirten benötige. Damit wäre ich am nächsten Tag sicherlich das Gesprächsthema Nummer eins.

Das Veranstaltungskomitee der Schule hat sich bei der Planung der Halloweenparty große Mühe gegeben. Die Aula ist mit schwarzem Stoff ausgekleidet, von der Decke hängen viele Pappkürbisse, und auf den meisten Stehtischen flackern Kerzen mit falschen Flammen, die stimmungsvolle Schatten werfen.

Elif und ich treten an das Buffet heran. »Wow.« Ich lasse meinen Blick über all die Köstlichkeiten wandern. Chips, Totenkopf-Gummibärchen, aber auch Sandwiches in Sargform sowie ausgehüllte und zu Fratzen geschnitzte Paprika warten darauf, gegessen zu werden. »Jetzt hab ich doch ein schlechtes Gewissen, dass ich nichts mitgebracht habe. Die anderen haben sich ja voll Mühe gegeben.«

»Vielleicht ist das für alle besser so.« Elif zieht grinsend ihr Kürbispesto aus der Tasche und platziert es neben den Gemüsesticks. »Deine Kochkünste sind … gewöhnungsbedürftig.«

»Haha«, sage ich trocken. »Ich habe eben andere Qualitäten.«

»Und die wären?« Nils tritt neben uns ans Buffett, nimmt sich ein Stück Gurke und taucht sie in das Pesto. Er trägt ein rot-weißes Footballoutfit mit breiten, gepolsterten Schultern und eng geschnittener Hose. Seine linke Hand umschließt einen Football.

»Deutsch«, antworte ich wie aus der Pistole geschossen. »Das ist mein bestes Fach.«

Er schmunzelt, und sein Blick gleitet über mich. »Na dann. Wollen wir später tanzen?«

»Äh, klar.« Ich kann von Glück sagen, dass die Tonnen an Make-up jede Rötung meines Gesichts verschlucken.

Nils zwinkert mir zu und verschwindet dann wieder in der Menge.

Elif verdreht die Augen. »Deutsch? Mensch, Juli, Nils hat gerade versucht mit dir zu flirten!«

Ich zucke mit den Achseln. »Was hätte ich denn sagen sollen? In Deutsch bin ich wirklich am besten.«

»Nichts Schulisches«, seufzt sie, als müsste sie mir die Welt erklären. »Du hättest deinen Zauberstab schwingen und so was sagen können wie: Meine Liebeszauber funktionieren immer, also nimm dich lieber in Acht.«

Ich pruste los. »Nicht dein Ernst!«

Sie kichert. »Na ja, jedenfalls besser, als auf einer Schulparty über die Schule zu sprechen.«

Ich nicke. »Wir sollten vermutlich beide in einen Flirtkurs, bevor man uns auf andere Menschen loslässt.«

Elif winkt ab. »Diese Kurse sind totaler Schrott, hab ich im Internet gesehen. Ich glaube, Flirten lernt man einfach mit der Zeit.«

»Na, hoffentlich …«

Während Elif einen kurzen Abstecher zur Toilette macht, um ihre Einstein-Perücke zu checken, gebe ich unsere Jacken am Pausenverkauf ab, der für diesen Abend zur Garderobe umfunktioniert wurde. Ich stopfe die Abhol-Chips in die versteckte Tasche meines schwarzen Tüllrocks und lasse den Blick durch die Aula wandern.

Nils ist nirgends zu sehen, aber Vince entdecke ich nur etwa zehn Meter entfernt. Er quatscht mit einem Mädchen. Unschlüssig bleibe ich stehen, und ganz plötzlich stürzen zwei unterschiedliche Gefühlslagen auf mich ein. Einerseits möchte ich nicht stören und freue mich, dass er offensichtlich Spaß hat, auf der anderen Seite spüre ich einen Stich in meiner Brust. Es gefällt mir nicht, wie er sich zu dem blonden Mädchen beugt, um *Thriller* von Michael Jackson zu übertönen, und sich sein Mund dabei zu einem leichten Grinsen verzieht. Plötzlich sieht Vince zu mir herüber, so als hätte er gespürt, dass sich meine Gedanken in diesem Augenblick nur um ihn drehen. Er verabschiedet sich von dem Mädchen und kommt auf mich zu. Mein Herz rast und jubelt, als es merkt, dass seine Aufmerksamkeit nur mir gehört.

»Schön, dass du da bist«, begrüßt er mich lächelnd. »Auch als Hexe siehst du sehr gut aus.«

Eine angenehme Wärme, wie ich sie noch nie zuvor empfunden habe, durchströmt meinen Körper. Verwirrt horche ich in mich hinein. Natürlich stehe ich Vince sehr nahe und bin froh, dass ich ihn habe – als besten Freund natürlich. Aber warum klopft mir mein Herz bis zum Hals? Es ist doch nur Vince!

»Du siehst auch … gut aus«, gebe ich nach einigem Zögern zu, und sein Grinsen wird breiter. Er ist komplett in Schwarz gekleidet und trägt dazu einen ebenfalls schwarzen Umhang mit rotem Futter und hohem Kragen. »Wo ist dein Vampirgebiss?«

Er lacht. »Das habe ich zu Hause gelassen, mit dem Ding im Mund kann man nichts essen, nicht einmal richtig sprechen.«

»Da flirtet es sich ohne vermutlich besser«, bemerke ich und nicke dorthin, wo er vor einer Minute noch mit dem blonden Mädchen gestanden hat. Sofort beiße ich mir auf die Zunge. Warum habe ich das gesagt?

»Sah es so aus, als hätte ich mit ihr geflirtet?«, fragt er belustigt und blickt zurück.

Ich verziehe das Gesicht. »Vielleicht. Ja, irgendwie schon. Ist ja auch in Ordnung, wenn du …« *Halt einfach die Klappe, Juli.*

Vince kommt einen Schritt auf mich zu, nimmt meine Hand und beugt sich zu mir herunter, seine Lippen streifen mein Ohr. »Wenn ich flirte, dann sieht das ganz anders aus«, flüstert er mir zu, und ein angenehmer Schauer durchfährt mich. Dort, wo sich unsere Finger berühren, breitet sich ein Kribbeln aus.

Stopp! Was ist hier los?

Ich räuspere mich, trete einen Schritt zurück und entziehe ihm meine Hand. »Danke, äh, für die Demonstration. In Zukunft kann ich es auseinanderhalten.« Hat Elif ihn gebeten, mit mir zu flirten, weil sie bereits vermutet hat, dass ich mich nicht trauen würde, ihn zu fragen? Wenn ja, dann nimmt er seinen Job ziemlich ernst.

»Ich muss mal aufs Klo.« Unnötigerweise zeige ich in Richtung der Toiletten und stolpere zur Seite.

Ich flüchte nicht vor Vince, sondern vor dem Gefühlschaos in mir. Meine Gedanken sind so laut, dass ich kaum etwas anderes um mich herum wahrnehme. Ich stoße die Tür zum Mädchenklo auf, doch niemand scheint hier zu sein. Mit zittrigen Händen prüfe ich alle Klotüren, in der Hoffnung, dass sich hinter einer davon Elif versteckt, aber offenbar ist sie schon wieder auf der Tanzfläche. Verdammt!

»Fuck«, flüstere ich. »Fuck, fuck, fuck.« Entwickle ich für meinen besten Freund Gefühle? Da unterstützt er mich endlich in Sachen Nils und flirtet mit mir, um ihn eifersüchtig zu machen, und dann verknalle ich Deppin mich in ihn. So viele Jahre war er mein bester Freund. Und jetzt? Nur einmal kommt er mir näher und macht mir ein paar Komplimente – und schlagartig ist es um mich geschehen.

Da öffnet sich die Tür einen Spaltbreit, und ich schrecke zusammen.

»Darf ich reinkommen?«, höre ich Vinces Stimme.

Hastig schaue ich in den Spiegel und streife mir irritiert ein paar Haarsträhnen hinters Ohr. »Äh, klar.«

Er schiebt sich durch den Spalt in den Raum und schließt bedächtig die Tür. Dann atmet er tief durch. »Es tut mir leid, Juli. Ich wollte dir nicht zu nahe kommen. Das war blöd von mir.«

Meine Stirn legt sich in Falten. »Warum entschuldigst du dich, darum ging es doch, oder?«

Verwirrt sieht er mich an. »Was meinst du?«

»Na ja, Elif hat dich doch bestimmt auf mich angesetzt, damit wir Nils ... eifersüchtig ... machen, ... oder?«

Seine Augenbrauen ziehen sich verärgert zusammen, und er steckt die Hände in die Hosentaschen. »Ach, darum geht es also.«

»Elif hat nicht mit dir gesprochen?«, frage ich vorsichtig.

»Nein, das hat sie nicht«, antwortet er tonlos.

»Aber warum hast du dann gerade eben –« Ich schaffe es nicht, den Satz zu beenden, weil mir langsam etwas dämmert.

»Warum ich gerade mit dir geflirtet habe? Liegt das nicht auf der Hand, Juli?«, stöhnt er und schüttelt ungläubig den Kopf.

Meine Hände zittern. »Seit wann?«

Vince verzieht das Gesicht, als hätte er auf eine Zitrone gebissen. »Seit einem halben Jahr.«

»Warum hast du nichts gesagt?«

»Anfangs habe ich mich nicht getraut und hatte Angst, ich würde unsere Freundschaft aufs Spiel setzen. Aber für das neue Schuljahr habe ich mir vorgenommen, den nächsten Schritt zu wagen.« Er zieht seine Hand aus der Tasche und fährt sich durchs Haar, hält sich an den Spitzen fest. »Und dann war da plötzlich Nils, und du warst hin und weg von ihm. Tja ...« Er zuckt mit den Schultern. »Hätte ich mal nicht so lange gewartet.«

»Ich weiß nicht, was ich sagen soll«, gebe ich flüsternd zu. »Ich dachte, du siehst mich als deine beste Freundin oder so was wie eine Schwester und willst mich beschützen. Ich dachte, du willst nicht, dass ich von ihm verletzt werde.«

Er seufzt tief. »Ich will auch nicht, dass du verletzt wirst. Juli ... Ich hab mich in dich verliebt.«

Im Mädchenklo wird es warm, sehr warm. Außerdem scheint irgendjemand dem Raum den Sauerstoff zu entziehen. Ich schnappe nach Luft. Kribbelnde Glücksgefühle und blanke Panik durchfluten gleichermaßen meinen Körper, denn dieser Abend verläuft ganz anders, als ich ihn mir heute Morgen ausgemalt habe. Vor mir sollte Nils stehen und mir gestehen, dass er etwas für mich empfindet – und nicht Vince! Doch Nils scheint in diesem Moment so weit weg, und meine Gefühle für ihn wirken bedeutungslos gegenüber diesem Augenblick. Vince steht vor mir, seine Schultern und Arme hängen herab, er mustert mich, und die Verzweiflung in seinen Augen spiegelt meine eigene wider.

Plötzlich wird die Tür aufgestoßen, und drei Mädchen betreten kichernd den Raum. Als sie Vince sehen, geben sie einen überraschten Laut von sich. »Das ist ein Mädchenklo«, informiert die Schwarzhaarige ihn pikiert.

Vince reißt seinen Blick von mir los und wendet sich ab. »Sorry«, murmelt er, bevor er auf dem Absatz kehrtmacht und verschwindet.

12. Kapitel

Liebe Gefühle, ich habe alles getan,
um euch glücklich zu machen.
Warum seid ihr es dann nicht endlich?!

»Da bist du ja, ich hab schon überall nach dir gesucht!«, ruft Elif über die Musik hinweg, die mittlerweile aufgedreht wurde und die Wände zum Zittern bringt. Die ersten Schülerinnen und Schüler haben sich auf die Tanzfläche begeben und wippen noch etwas zurückhaltend im Takt mit.

Zehn Minuten, nachdem Vince das Klo verlassen hat, habe ich es auch endlich geschafft, wieder auf die Party zurückzukehren. Doch als die Musik in meinen Ohren dröhnt, die Lichter mich blenden und sich die Menschen an mir vorbeizwängen, wünschte ich, ich könnte mich in mein ruhiges dunkles Zimmer nach Hause beamen, ohne dass ich meinen Freunden und Eltern erklären muss, warum ich so früh von der Party abhaue.

»Was ist los?«, frage ich und lasse meinen Blick durch die Aula schweifen. Was ist, wenn ich Vince entdecke? Will ich mit ihm sprechen oder lieber davonlaufen?

Elif greift nach meinen Händen und wartet, bis ich sie ansehe. »Nils hat mich vorhin gefragt, ob du Single bist!«

»Oh.« Meine Gesichtszüge erschlaffen.

»Ist das nicht toll?« Sie quietscht und reißt meine Arme in die Luft. »Ihr werdet das süßeste Paar der ganzen Schule!«

Wie lange ich auf diesen Moment gewartet habe – und wie falsch er sich nun anfühlt. Ich ziehe meine Hände zurück und zwinge mich zu einem kläglichen Lächeln. »Wow. Das ist ... großartig.«

Elif lässt ebenfalls die Arme sinken. »Freust du dich nicht?«

Ich öffne den Mund und schließe ihn wieder. Ich will ihr von Vince erzählen, von seinen Gefühlen und von diesem Chaos in meinem Kopf. Doch ich bin noch nicht so weit. Ich brauche Ruhe und Zeit zum Nachdenken, um herauszufinden, was ich möchte. Erst wenn ich weiß, was ich will, werde ich diesen Wunsch laut aussprechen.

Jemand tippt mir auf die Schulter. »Möchtest du was trinken?« Ich drehe mich mit einer bösen Vorahnung um. Nils steht vor mir und hebt zwei alkoholfreie Hugos in die Höhe. Bevor ich antworten kann, dass ich gleich nach Hause fahren werde, drückt er mir das Glas in die Hand. »Ich wollte kurz mit dir reden, hast du Zeit?«

Die Versuchung ist groß, mir eine Ausrede einfallen zu lassen. Doch auf der anderen Seite ist es Nils gegenüber nur fair, alle Fakten auf den Tisch zu legen, also nicke ich.

Meine Finger klammern sich fest um das Glas, als ich ihm in den ersten Stock folge und nochmals kurz zurückblicke. Elif sieht uns nach und reckt grinsend beide Daumen in die Höhe. Mit einem Grummeln im Magen biege ich hinter Nils nach rechts ab, und er öffnet ein unverschlossenes Klassenzimmer.

Unschlüssig bleibe ich im Türrahmen stehen. »Was gibt's?«, frage ich mit piepsiger Stimme.

Nils reibt sich den Nacken. »Ehrlich gesagt wollte ich dich fragen, was da zwischen dir und Vince läuft.«

Meine Augen werden groß. »Was?«

»Ich hab vorhin gesehen, wie ihr euch unterhaltet, und mich gefragt, ob ihr zusammen seid und es geheim haltet. Elif meinte, du bist Single.«

»Ich, äh ...«, stottere ich ertappt. »Nein, äh, ich meine ... Da ist nichts zwischen uns ... denke ich.«

Er verengt die Augen. »Du scheinst dir nicht ganz sicher zu sein.«

»Worüber wolltest du mit mir reden?«, werfe ich schnell ein, ohne seine Frage zu beantworten.

Nils räuspert sich, während er an seinem Trikot zupft. »Ich wollte dich um ein Date bitten.«

Mit meiner freien Hand fahre ich mir an die Stirn und plötzlich steigen mir Tränen in die Augen. Was für ein Schlamassel.

Ich nehme einen tiefen Atemzug und schaue Nils in die Augen. »Nils, sei ehrlich. Warum magst du mich?«, stoße ich aus, bevor ich es mir anders überlegen kann.

Er hebt überrascht die Augenbrauen. »Na, das ist doch offensichtlich«, sagt er und macht eine ausladende Handbewegung in meine Richtung. »Du magst die gleichen Sachen wie ich, dein Style ist nice, du gehst joggen. Und ich finde dich echt hübsch.«

Ich stöhne und spüre eine Träne meine Wange hinablaufen. »Das dachte ich mir.«

»Habe ich was Falsches gesagt?«

Müde schüttle ich den Kopf. »Nein, du hast gar nichts falsch gemacht«, versichere ich ihm. »Ich habe dich angelogen.«

Nils runzelt die Stirn. »Ich glaube, das musst du mir erklären.«

Ich stelle das Glas auf den nächsten Tisch und drehe mich zu ihm um. »Ich habe vom Joggen keine Ahnung. Als ich dir letztens beim Laufen begegnet bin – da bin ich zum ersten Mal in meinem Leben gejoggt. Deshalb habe ich mich auch gleich verletzt.« Ich klopfe auf meinen Oberschenkel. »Ich habe meinen Kleidungsstil verändert und angefangen mich zu schminken, in der Hoffnung, ich würde dir so auffallen. Aber weißt du was? Ich fühle mich überhaupt nicht wohl damit. Ich will mich nicht schminken, und ich will Sport weiterhin hassen dürfen.«

Seine Augen weiten sich. »Das hast du alles nur für mich getan?«

»Allerdings.« Es tut gut, endlich die Wahrheit laut auszusprechen und festzustellen, dass Nils mich nicht auslacht. »Du magst nicht mich, sondern eine Person, die ich für dich sein wollte.«

Er bläst die Luft aus seinen Wangen. »Ich weiß gar nicht … ich bin sprachlos.«

»Es tut mir leid«, entschuldige ich mich aufrecht und wische mir eine Träne von der Wange. »Es war nicht in Ordnung von mir, dass ich dir etwas vorgemacht habe.«

»Auch wenn ich mich auf eine komische Art und Weise geschmeichelt fühle, wäre es mir um einiges lieber gewesen, du hättest mich einfach nach einem Date gefragt, anstatt mir etwas vorzuspielen.«

»Ich weiß«, gebe ich zu. »Jetzt weiß ich es. Aber ich hatte zu viel Angst davor, dass du mich nicht mögen könntest und direkt Nein sagst. Die anderen Mädchen in unserer Klasse sind so hübsch und selbstbewusst. Ich wusste nicht, wie ich da mithalten soll.«

Nils sucht meinen Blick, und trotz meiner Scham versuche ich ihm standzuhalten. »Mach nicht den Fehler, dich mit anderen zu vergleichen. Klingt ziemlich abgedroschen, aber es wäre doch voll langweilig, wenn wir alle gleich wären, oder? Ich finde es schade, dass du mir gar keine Chance gegeben hast, die echte Juli kennenzulernen.« Er zwinkert mir zu. »Ich finde es übrigens sehr mutig von dir, dass du mir jetzt die Wahrheit gesagt hast. Wollen wir ... wollen wir Freunde bleiben? Ich würde dich gerne endlich *richtig* kennenlernen.«

Mir fällt ein riesiger Stein vom Herzen, denn auch, wenn ich es nicht anders verdient hätte, scheint Nils nicht wütend auf mich zu sein. »Sehr gerne«, antworte ich mit brüchiger Stimme.

13. Kapitel

*Augen zu und durch –
und wenn ich die Augen
wieder öffne, wartet dann ein
Happy End auf mich?*

»Schatz?« Mama späht in mein abgedunkeltes Zimmer. »Bist du wach?«

»Nein«, antworte ich dumpf gegen die Matratze. Es ist Montagnachmittag, und ich bin mit Kreislaufbeschwerden zu Hause geblieben – zumindest ist das die offizielle Version. Die inoffizielle Version ist, dass ich mich nicht in die Schule getraut habe. Schon den ganzen Tag verlasse ich mein Zimmer nicht und habe mein Handy ausgeschaltet, mit dem irrsinnigen Wunsch, dass das auch irgendwann mit meinen Problemen möglich sein wird. Nun liege ich seit ungefähr einer Stunde im Bett, das Kissen über meinen Kopf gezogen, in der Hoffnung, dass mich die Dunkelheit und Ruhe schlafen lassen.

»Elif ist hier und möchte dir die Hausaufgaben bringen.«

Mein Kopf ruckt nach oben, sodass das Kissen auf den Boden rutscht. »Elif?«, frage ich panisch. Ich habe mich gestern totgestellt, als sie mich mindestens ein Dutzend Mal gefragt hat, wie es mit Nils gelaufen ist und warum ich dann ohne ein Wort abgehauen bin.

Mama öffnet die Tür noch einige Zentimeter mehr. »Ja, sie meinte, du hast dein Handy ausgeschaltet.«

»Ich wollte … Digital Detox ausprobieren«, reime ich zusammen. »Ist gerade im Trend.«

Sie hebt überrascht die Augenbrauen. »Oh, das finde ich sehr gut, Juli.« Mama dreht sich von mir weg. »Elif, du kannst zu ihr, sie schläft nicht.«

Ich stöhne innerlich, weil mich gleich der vorwurfsvolle Blick meiner besten Freundin treffen wird, doch als Elif im Türrahmen erscheint und die Tür hinter sich schließt, finde ich in ihren Augen nur aufrichtige Sorge.

»Juli!« Sie stürzt sich auf mich und umarmt mich stürmisch. »Ist alles okay?«

»Ich krieg keine Luft«, röchle ich, weil sie mir mit ihrem festen Griff die Brust abschnürt.

»Sorry.« Sie lässt mich sofort los, bleibt aber neben mir auf dem Bett sitzen. »Ich habe mir solche Sorgen gemacht! Erst antwortest du nicht, dann schaltest du dein Handy aus, und Nils und Vince waren heute auch total merkwürdig. Sie haben einfach gar nichts gesagt, nur Vince hat irgendwann gefragt, wo du bist und ob es dir gut geht.«

Bei Vinces Erwähnung wird mir warm ums Herz. Er hat nach mir gefragt, ich bin ihm wichtig. Und das, obwohl ich unabsichtlich auf seinen Gefühlen herumgetrampelt bin.

»Hast du wirklich Kreislaufprobleme?«

Ich seufze und schüttle den Kopf. »Mir geht's gut.«

»Wusste ich's doch!« Elif wirkt wie eine Detektivin, die gerade herausfindet, dass sie auf der richtigen Fährte ist. »Hat es etwas mit Nils zu tun? War er gemein zu dir?«

Ich lache freudlos. »Ob er gemein zu mir war? Ich war doch diejenige, die ihm was vorgespielt hat, Elif! Diese ganzen Tipps aus der Zeitschrift haben zwar letztendlich funktioniert, aber sie waren eine komplette Lüge! Sie haben Nils eine Person sehen lassen, die nicht existiert.«

Sie zieht die Nase kraus. »Also kannst du dich mit Make-up und deinem neuen Style immer noch nicht so richtig anfreunden?«

»Nein, und das nervt mich mega. Du bist auch immer geschminkt und fühlst dich wohl damit – warum ich nicht?«

Sie gluckst. »Wir sind verschieden, Juli. Nur weil anderen Personen etwas gefällt, heißt das nicht, dass es auch dir gefallen muss.«

Ich schiebe die Unterlippe vor. »Das ist aber blöd. Mit Make-up sehe ich viel besser aus. Und irgendwie tragen doch alle beliebten Mädchen Make-up, oder?«

»So ein Quatsch! Ganz ehrlich, Juli: Du siehst mit Make-up genauso gut aus wie ohne«, widerspricht mir Elif lächelnd, doch dann wird sie wieder ernst. »Du hast Nils also die Wahrheit gesagt?«

Ich nicke langsam. »Er wollte mich um ein Date bitten, da musste ich es ihm erzählen. Aber er hat es wirklich gut aufgenommen und möchte, dass wir Freunde bleiben.«

»Das ist toll.« Elif mustert mich prüfend. »Aber warum versteckst du dich dann hier?«

Ich presse mir die Hände auf die Augen, weil ich ihre Reaktion nicht sehen möchte. »Weil mir an diesem Abend nicht nur Nils gesagt hat, dass er mich mag.«

»Hast du einen heimlichen Verehrer?« Elif quietscht. »Aber ... wer ist –« Plötzlich stoppt sie. »Nein ... Nein! Sag bloß, es ist Vince!«

Ich nicke und lasse langsam die Hände wieder sinken. »Er mochte mich die ganze Zeit über. Deshalb war er auch immer so komisch, wenn wir uns über Nils unterhalten haben. Ach, Elif! Ich fühle mich sooo schlecht, weil ich die ganze Zeit vor ihm von Nils geschwärmt habe.«

»Moment mal.« Elif hebt die Hand. »Warum fühlst du dich schlecht? Du kannst doch nicht riechen, dass Vince sich in dich verknallt hat. Er hätte einfach früher mit dir sprechen müssen.«

»Meinst du?«, frage ich, und ein kleiner Hoffnungsschimmer lässt den Kloß in meinem Hals etwas kleiner werden.

Elif nickt kräftig. »Auf jeden Fall.«

Unschlüssig zupfe ich an meiner Bettdecke. »Es könnte sein, dass ich mich auch ein bisschen in Vince verknallt habe.«

Meine beste Freundin nimmt mich in den Arm und drückt mich lange. »Das freut mich so für euch. Ihr passt gut zusammen.«

»Danke«, murmle ich in ihre Haare. »Aber erst mal muss ich mit ihm sprechen. Auf der Party war nicht der richtige Ort und nicht die richtige Zeit, außerdem war ich komplett überfordert. Und jetzt hab ich Angst, dass ich eh alles versaut habe ...«

»Verstehe ich.« Elif und ich lösen uns voneinander. »Wenn du mit ihm redest, checkt er sicher, wie viele Gedanken du dir machst.«

»Die mache ich mir echt. Weißt du, auch wenn diese ganzen Dating-Tipps voll der Fail waren, habe ich gemerkt, dass ich mich mag, genau so wie ich bin.«

»Dann sind wir schon mal zu zweit.« Elif nimmt meine Hand und drückt sie kurz. »Besser gesagt: zu dritt! Das ist so aufregend! Du musst unbedingt mit Vince reden. Worauf wartest du noch!?«

Die meisten Blätter sind bereits von den Bäumen gefallen und zaubern einen bunten Teppich auf den Kiesweg vor mir. Warme Sonnenstrahlen kitzeln meine Nasenspitze. Doch so schön dieser goldene Herbsttag auch ist, meine Gedanken kreisen nur um Vince.

Nach meinem Gespräch mit Elif habe ich ihn angerufen, denn warum sollte ich noch länger warten, obwohl ich mir endlich über meine Gefühle im Klaren bin? Rückblickend muss ich mir eingestehen, dass ich schon länger anders für Vince empfinde. Er war immer mein bester Freund, wie ein großer Bruder, den ich nie hatte. Doch irgendwann in den letzten Wochen – vielleicht sogar in den letzten Monaten – ist es mehr geworden. Obwohl ich noch gar nicht genau weiß, was dieses mehr bedeutet, aber genau das gilt es nun herauszufinden.

Meine Finger umschließen den Maschendrahtzaun, welcher den Parkbereich des Hirschgartens von den Rehen und Hirschen abgrenzt.

Als kleines Kind war ich mit meinen Eltern sehr häufig hier, um die Tiere zu füttern, und ich fühle mich immer noch sehr wohl. Der richtige Ort für einen Spaziergang, vor allem an so schönen Tagen wie diesen. Stimmengewirr und das Klirren von Gläsern wehen vom Biergarten zu mir herüber. Ihre Sonnenbrillen auf der Nase, genießen die Menschen die letzten warmen Sonnenstrahlen des Tages. Ein paar Meter entfernt strecken zwei kleine Jungs ihre Finger durch den Zaun, um ein paar Rehe anzulocken.

»Hi, Juli.« Vince tritt neben mich.

Wir zögern kurz, aber dann lasse ich den Zaun los, mache einen Schritt vor und umarme ihn.

»Danke, dass du gekommen bist.« Als wir uns voneinander lösen, sehe ich das Lächeln auf seinen Lippen, und ein wohliges Kribbeln breitet sich in mir aus.

»Ich war über deinen Anruf zugegebenermaßen etwas überrascht, weil ich dachte, dass du heute zu Hause geblieben bist, um mir aus dem Weg zu gehen.«

Ertappt beiße ich mir auf die Unterlippe. »Das bin ich tatsächlich auch.«

Vince lächelt unverwandt weiter, doch ich sehe ihm an, dass er versucht, seine Enttäuschung zu überspielen. »Wenigstens bist du ehrlich.«

»Ich habe mich nur versteckt, weil ich ein schlechtes Gewissen dir gegenüber hatte und über einiges nachdenken musste«, versuche ich zu erklären.

Seine Augen fixieren die Rehe, die ihre feuchten Schnauzen hoffnungsvoll durch den Zaun stecken. »Du musst kein schlechtes Gewissen haben.« Seine Stimme klingt bitter, und er weicht meinem Blick aus. »Woher hättest du denn wissen sollen, dass ich mehr für dich empfinde? Vielleicht hätte ich es dir früher sagen sollen, oder vielleicht wäre es besser gewesen, dir nie davon zu erzählen. Ich weiß es nicht. Ich hoffe nur, dass wir einen Weg finden, um weiterhin befreundet zu sein.«

Aus einem plötzlichen Impuls heraus greife ich nach seiner Hand. Es ist unerträglich, ihn so hoffnungslos zu sehen, und das Bedürfnis, ihm nahe zu sein, wächst von Sekunde zu Sekunde. »Aber ich möchte nicht mit dir befreundet sein. Nicht nur«, füge ich schnell hinzu, als seine Augen groß werden. »Ich mag dich nämlich auch sehr gerne, Vince.«

Er schluckt. »Bist du dir sicher?«.

»Ja, das bin ich«, bestätige ich lächelnd. »Und ich weiß nicht, ob das mit uns klappen wird oder ob wir uns nach einem halben Jahr auf die Nerven gehen werden – aber ich würde mich freuen, wenn wir es zumindest ausprobieren.«

»Wow, ich kann dir gar nicht sagen, was für ein Stein mir vom Herzen fällt.« Er schüttelt fassungslos den Kopf, und seine Augen glitzern. »Ja. Ja, lass es uns versuchen.«

Ich lache überschwänglich und laut, sodass es fast wie ein Schluchzer klingt. Der Druck und die Anspannung der letzten Tage lösen sich, und endlich kann ich wieder frei atmen.

Vince schließt mich in seine Arme und drückt mich fest an seine Brust. In diesem Augenblick spüre ich pures Glück und die Sorge, ich könnte nicht gut genug sein, wird von seiner Nähe erstickt.

Als wir uns wieder voneinander lösen, hält er mir mit einem breiten Lächeln seine Hand entgegen. »Lass uns gehen.«

Ich nicke strahlend, lege meine Hand in seine, und diese Geste fühlt sich so selbstverständlich an, als hätte das Schicksal nur darauf gewartet, uns zusammenzuführen.

CHOOSE HAPPINESS
SELFLOVE IS YOUR SUPERPOWER!

PERFEKT unperfekt!
I myself
Volume HAIR
love love love
love love love lo
Dein Weg ist dein Ziel!

SCHNAPP DIR DEINEN *Lieblingsstift* UND MACH MIT!
DIESER TEIL DES BUCHES IST VOLLER *bunter Ideen!*

HUHU –

HIER BIN ICH WIEDER

Und, was sagst du? Konntest du meinen Struggle nachempfinden, und bist du vielleicht selbst auch noch auf der Suche nach dir selbst? Wünschst du dir manchmal etwas mehr Selbstbewusstsein, um dich in der Welt zu behaupten? Glaub mir, ich kann dich sooo gut verstehen. Blätter unbedingt gleich auf die Seiten 134, 136 und 196! Dort lernst du ein bisschen mehr über dich und dein Selbstbewusstsein. Außerdem warten viele praktische Tipps und ein spannender Selbsttest (S. 130) auf dich!

Bist du dir unsicher – so wie ich –, ob das kribbelnde Gefühl in deinem Bauch wirklich Verliebtheit bedeutet? Dann mach den Test auf Seite 172. Hoffentlich hilft er dir ein bisschen weiter! Ich hätte ihn jedenfalls lieber früher machen sollen …
Oder bist du in eine Person verliebt, aber hast keine Ahnung, wie das mit dem Flirten funktioniert? Das ist eine unangenehme und tricky Sache, oder? Dachte ich auch immer, stimmt aber gar nicht! Spring auf Seite 174 und lies dir die Tipps durch – ich sag's dir: Die sind Gold wert!

In letzter Zeit war ich echt hin- und hergerissen, und in meinem Kopf war ein richtiges Chaos. Mir hilft es dann immer, Listen zu allem Möglichen zu führen, um meine Gedanken zu ordnen. Geht es dir genauso? Dann helfen dir Eintraglisten (S. 146, 160) sicher weiter.

Ich liebe es, mir für alle Jahreszeiten wunderschöne Dinge vorzunehmen! Und neben allen spaßigen Aktivitäten darf auch die Entspannung nicht zu kurz kommen. Auf den Seiten 150, 152 und 168 findest du einige Tipps, die dich beim Durchatmen unterstützen.

Aber jetzt will ich dich gar nicht weiter zutexten!

Viel Spaß! Juli

PS: DER MITMACHTEIL IST DAZU DA, ENTDECKT ZU WERDEN. DU KANNST VORNE ANFANGEN – ABER AUCH GANZ WILD VON SEITE ZU SEITE HÜPFEN!

Et voilà –

DAS BIN ICH!

WER BIST *du*? WAS MACHT *dich* AUS?
HIER HAST DU PLATZ, DIE WICHTIGSTEN
Facts ÜBER DICH ZU NOTIEREN.

AUSGEFÜLLT AM ....

NAME/SPITZNAME ....

GEBOREN AM, IN ....

STERNZEICHEN ....

AUGENFARBE ....

HOME BASE ....

WENN ICH EIN TIER WÄRE, WÄRE ICH ....

♥-mensch(en) ....

♥-lied ....

♥-film ....

♥-buch ....

LIEBLINGSESSEN ....

LIEBLINGSGETRÄNK ....

LIEBLINGSSPORT ....

LIEBLINGSSPRUCH ....
(aus Filmen, Songs, Büchern ....
oder dem echten Leben) ....

....

love love love love love love love lo

LieblingsFACH

DAS mag ICH AN
DER SCHULE AM MEISTEN

WAS ICH MAL werden WILL

DAS MACHE ICH,
UM ZU entspannen

DU BIST DER Main-CHARACTER
IN DEINER EIGENEN Geschichte!

DEIN LERN-DICH-SELBST-KENNEN-TEST:

ME, MYSELF & I

MACH DEN Test!

Fühlst du dich wohl mit dir selbst? Wie wichtig sind dir die Meinungen anderer? Die nächsten zehn Fragen sollen dir dabei helfen, dich selbst noch besser kennenzulernen.

Denk dran: Dieses Buch gehört nur dir. Du kannst es wie ein persönliches Tagebuch nutzen, das niemand sonst lesen darf. Also: Bitte sei ehrlich zu dir selbst.

1. DU HAST EINEN DICKEN PICKEL AM KINN. WÜRDEST DU DICH TROTZDEM MIT DEINEN FREUND*INNEN IM CAFÉ TREFFEN?

- # *Klar, warum nicht?!*
- @ *Nur wenn ich den Pickel abdecken kann.*
- ★ *Nein, so fühle ich mich nicht wohl.*

2. DU HAST DIR EINE NEUE HOSE GEKAUFT. JEMAND ERZÄHLT DIR DARAUFHIN, DASS SIE NICHT GUT AN DIR AUSSIEHT. WIE REAGIERST DU?

- ★ *Ich lasse die Hose im Schrank vergammeln, weil ich mich nicht mehr wohlfühlen würde, damit das Haus zu verlassen.*
- # *Mir gefällt sie immer noch total gut, und ich trage sie mit Stolz! Geschmäcker sind eben verschieden.*
- @ *Kommt darauf an, wer mir das sagt. Meiner besten Freundin vertraue ich. Wenn sie ihr nicht gefällt, kommt die Hose weg!*

3. Du hast einen ganz bestimmten Traum und willst in deinem Leben Großes erreichen.

Daraus mache ich kein Geheimnis, schließlich lebe ich für diesen Traum!

★ Ich behalte den Traum für mich – wenn ich ihn nicht erreiche, ist es mir nicht so peinlich.

@ Meine Familie und meine engsten Freund*innen weihe ich ein, sonst niemanden.

4. Du hast in der Schule eine schlechte Note geschrieben.

@ Na ja, Noten sind mir schon sehr wichtig. Ich hake es zwar zähneknirschend ab, aber das nächste Mal muss ich besser werden!

Shit happens!

★ Das ärgert mich noch Tage später. Wie kann man nur so blöd sein?!

5. Du brauchst bei etwas Hilfe, das du nicht alleine fertigstellen kannst.

★ Ich soll um Hilfe bitten? Oje, ich versuche es lieber irgendwie selbst.

@ Es ist mir unangenehm, um Hilfe zu bitten … Aber ich überwinde mich.

Ist doch kein Problem! Ich frage jemanden um Hilfe.

6. Du bekommst ein ganz dickes Lob, weil du in der Schule etwas richtig gut gemacht hast. Wie reagierst du?

★ Das ist mir total unangenehm. So toll war meine Leistung nun auch wieder nicht …

Über die Anerkennung freue ich mich, aber ich war auch vorher mit mir und meiner Leistung zufrieden – weil ich mein Bestes gegeben habe.

@ Ich winke ab, obwohl ich mich insgeheim freue.

7. WÜRDEST DU DEIN LEBEN MIT JEMANDEM TAUSCHEN WOLLEN?

- # Nein. Mein Leben ist zwar nicht perfekt, aber welches Leben ist das schon?
- @ Vielleicht. Kommt darauf an, mit wem. Ich wäre schon gerne reicher/schöner/klüger.
- ★ Unbedingt. Ich bin total unglücklich.

8. EINE FREUNDIN MÖCHTE MIT DIR SHOPPEN GEHEN, DABEI WÜRDEST DU AN DIESEM TAG LIEBER ALLEINE SEIN.

- ★ Natürlich lasse ich sie nicht hängen, schließlich sind wir befreundet.
- @ Ich frage sie, ob es ihr was ausmacht, wenn wir nur telefonieren.
- # Weil ich weiß, dass ich diese Zeit für mich brauche, sage ich ihr ab.

9. DU HATTEST NOCH NIE EINE*N FESTE*N FREUND*IN. STÖRT DICH DAS?

- @ Hm. Frage mich schon, woran es liegen könnte.
- # Ach, mir ist das nicht wichtig. Hauptsache, ich bin glücklich!
- ★ Es ist mir unangenehm, das vor anderen zuzugeben. Bin ich vielleicht nicht schön/cool/interessant genug?

10. DU GEWINNST EIN FOTOSHOOTING! WAS IST DEINE ERSTE REAKTION?

- # Voll cool, das werden sicher Hammer-Fotos! Ich freu mich auf den Spaß vor der Kamera.
- @ Ich lasse mich fotografieren, aber die Bilder werde ich niemals jemandem zeigen …
- ★ Niemals! So viel kann man da gar nicht bearbeiten, dass ich auf Fotos gut aussehe.

Testergebnis

★ (ÜBERWIEGEND) *Glaub an dich! <3*

Kann es sein, dass du dich oft von deinem Umfeld lenken lässt? Dir ist es wichtig, was andere Menschen von dir denken, und du willst ihnen gefallen, stimmt's? Dabei vergisst du aber, auf dich selbst zu hören ... Keine Sorge, du kannst jeden Tag damit beginnen, zu dir selbst zu finden – dafür ist man nie zu jung oder zu alt. Pass auf dich auf und versuche egoistischer zu werden. Hört sich vielleicht blöd an, ist es aber nicht. Ein gesunder Egoismus gehört zur Selbstliebe dazu. Du hast auf etwas keine Lust? Dann zwinge dich nicht dazu! Du bist von etwas überzeugt, die anderen aber nicht? Vertritt deine Meinung, und bleibe dabei respektvoll. Du wirst sehen: Die Menschen, die dich lieben, werden dich sicher dabei unterstützen und deine Grenzen akzeptieren. Und denke immer daran: Jeder Mensch ist wertvoll, und das Wichtigste ist, dass du mit dir zufrieden bist. Fühl dich ganz fest gedrückt!

@ (ÜBERWIEGEND) *Hör noch mehr auf dein Herz!*

Du bist auf dem richtigen Weg! Auch wenn dich manche Situationen unsicher machen: Trau dich, noch mehr zu dir selbst zu stehen und auf dein Herz zu hören. Gelebte Selbstliebe wirkt sich auf alle Bereiche unseres Lebens aus. Nimm dir etwas mehr Zeit für dich, und frage dich, woran es liegt, dass du dir manchmal so viele Gedanken über dein Aussehen, deine Leistungen oder die Meinungen anderer machst. Ist dein Glück wirklich davon abhängig?

(ÜBERWIEGEND) *Selbstliebe-Profi*

Herzlichen Glückwunsch! Wie schön, dass du es geschafft hast, für dich selbst einzustehen! Vergiss dennoch deine Mitmenschen nicht. Deiner besten Freundin geht es nicht so gut? Schenke ihr Zeit, und höre ihr zu. Diese Vertrauensbeweise sind viel mehr wert als ein Freundschaftsarmband! Und denke daran: Nur weil jemand eine andere Meinung vertritt als du, heißt das nicht unbedingt, dass diese Meinung falsch oder weniger wert ist.

SELBSTBEWUSSTSEIN, SELBSTWERT, SELBSTVERTRAUEN – WAS HEIẞT DAS EIGENTLICH?

DU BIST DU – UND DAS IST GUT SO!

Hast du schon mal über die wörtliche Bedeutung dieser Begriffe nachgedacht? Ganz klar: Bei allen geht es um das Selbst – also um dich und dein Inneres.

SELBSTwert

ist die emotionale, subjektive Einschätzung des Werts, den ein Mensch sich selbst zuschreibt. Das Selbstwertgefühl ist die Überzeugung, wertvoll zu sein, Respekt und Beachtung zu verdienen.

→ ICH BIN WERTVOLL!

SELBSTwertgefühl

Wie ist das bei dir? Was hältst du von dir? Welche Schulnote würdest du deinem Selbstwertgefühl geben?

1 2 3 4 5 6

Übrigens: Ein gesundes Selbstwertgefühl hilft dir auch dabei, Grenzen zu ziehen und für dich selbst einzustehen. Super, oder?

SELBSTbewusstsein

beschreibt das Einschätzen der eigenen Persönlichkeit. Es geht darum, dass man sich seines eigenen »Selbst« »bewusst« ist – also die ganz individuellen Eigenschaften, Stärken, Schwächen und Ziele kennt. Häufig werden die Begriffe »Selbstbewusstsein« und »Selbstwertgefühl« gleichbedeutend verwendet.

→ ICH WEIß, WER ICH BIN, UND ICH KENNE MICH!

SELBSTakzeptanz

ermöglicht, sich selbst zu achten, zu respektieren und anzunehmen. Mit allen Stärken und Schwächen, Ecken und Kanten. Wenn man für die eigenen Werte und Überzeugungen einsteht, kann die Selbstakzeptanz wachsen. Im Gegenzug kann sie aber auch kleiner werden, wenn man die eigenen Werte verleugnet, um es anderen recht zu machen.

→ ICH BIN GUT, SO WIE ICH BIN!

ALSO: *Wer bist du?* SCHREIB'S DOCH MAL AUF! EIN PAAR FRAGEN UND ANREGUNGEN FINDEST DU AUF S. 136.

SCHÄTZ DICH WERT!

Nimm dir Zeit und beantworte dir folgende Fragen:

WELCHE *Charakter*EIGENSCHAFTEN SCHÄTZT DU AN DIR?

WORAUF BIST DU BESONDERS *stolz*?

WAS GEFÄLLT DIR AN DEINEM *Aussehen* BESONDERS?
(NENNE MINDESTENS 3 *Punkte!*)

WAS *kannst* DU BESONDERS *gut*?

3 TIPPS FÜR NOCH MEHR SELBSTLIEBE

Ein ausgeglichenes, gesundes Verhältnis zu sich selbst ist nicht angeboren – aber wir können es herauskitzeln und stärken! Denn du trägst ein ganzes Universum in dir ... Diese drei Tipps können dir dabei helfen:

1. Tipp: Sei stolz!

Du hast etwas erreicht, für das du viel gearbeitet hast? Das ist großartig! Egal, ob es ein kleiner oder großer Erfolg ist, egal ob dich jemand lobt oder nicht: Sei stolz auf dich! Atme durch, lasse das wunderschöne Gefühl auf dich wirken, und denke bitte nicht sofort daran, wie du noch besser werden kannst. Wenn du dich für kleine und große Erfolge nicht feierst, dann kannst du dir so viele Ziele stecken, wie du willst, du wirst nie zufrieden sein.

2. Tipp: Nimm dir Zeit!

Die vergangene Woche war richtig blöd, und du kannst ihr überhaupt nichts Gutes abgewinnen? Ist das wirklich so? Manchmal überdecken leider die negativen Dinge die schönen Momente. Nimm dir am Ende eines Tages oder der Woche etwas Zeit, und ziehe dir das Positive heraus. Du hast ein tolles Buch gelesen? Du hattest ein schönes Abendessen mit deiner Familie? Dir hat jemand ein Kompliment gemacht? Du wirst sehen, dass die Woche in den meisten Fällen gar nicht so blöd war, wie sie dir anfangs noch vorgekommen ist. Extra-Tipp: Schnapp dir ein Notizbuch, und starte dein ganz persönliches Dankbarkeitstagebuch. Schau dazu mal auf die folgende Seite.

3. Tipp: Vergleiche dich nicht mit anderen!

Egal, ob in der Schule, im Freundeskreis, in der Familie oder auf Social Media: Überall sind wir Vergleichen ausgesetzt, und so kommt schnell das Gefühl auf, dass jemand schöner, klüger oder reicher ist. Aber ist das wirklich so? Was wir beim Vergleichen oft vergessen: Jeder Mensch hat eine eigene Geschichte und einen individuellen Weg hinter sich – und das kann man von außen nicht unbedingt sehen. (Und gerade auf Social Media findet man oft nur den Hochglanz-Teil der Realität ...) Miss deine Fähigkeiten und Erfolge an dem, was du bisher geschafft hast – ganz individuell und aus eigener Kraft. Fragen, die du dir stellen kannst, sind: Habe ich mich weiterentwickelt? Wer bin ich heute, wer war ich vor einem Jahr?

Wenn du dich so akzeptierst, wie du bist – dann strahlst du diese Zufriedenheit nach außen. Wenn du noch ganz am Anfang stehst, lass dich bitte nicht verunsichern, und werde nicht ungeduldig. Selbstbewusster zu werden ist ein langer Prozess, und das geschieht leider nicht von einem Tag auf den anderen.

LEBENSWEISHEIT VON JULI:

»Genau wie einen Samen, den du einpflanzt, musst du auch dich pflegen. Und mit etwas Zeit wächst daraus eine wunderschöne Blume!«

DEIN DANKBARKEITSTAGEBUCH

Manchmal habe ich Tage oder sogar Wochen, die total blöd gelaufen sind. Nichts, aber auch gar nichts hat funktioniert! Zumindest kommt es mir auf den ersten Blick so vor. Aber wenn ich mir dann Zeit nehme und das Geschehene Revue passieren lasse, dann erinnere ich mich doch wieder an die schönen Momente. Mittlerweile mache ich das regelmäßig, weil ich mich damit aus einem negativen Strudel befreie. Probier es unbedingt aus!

DER GRÖẞTE UNTERSCHIED ZWISCHEN EINEM DANKBARKEITSTAGEBUCH UND EINEM TAGEBUCH IST DER INHALT: DANKBARKEITSTAGEBÜCHER FOKUSSIEREN SICH AUSSCHLIEẞLICH AUF DIE POSITIVEN DINGE IN DEINEM LEBEN. SCHNAPP DIR EIN NOTIZBUCH UND NOTIERE SCHÖNE ERLEBNISSE, KLEINE UND GROẞE ERFOLGE SOWIE WERTSCHÄTZENDE BEGEGNUNGEN.

heute war ein schöner Tag, weil

MEINE TIPPS:

1. NIMM DIR EINE FESTE TAGESZEIT FÜR DAS SCHREIBEN DEINES DANKBARKEITSTAGEBUCHS VOR, UM DIESE ZEIT FÜR DICH IN DEINEM ALLTAG ZU ETABLIEREN.
2. DEIN TAGEBUCH KANNST DU SO FARBENFROH UND KREATIV VERZIEREN, WIE DU MÖCHTEST!

SELF-CARE-DAY

Schenke dir einen Tag, an dem du nur Dinge unternimmst, die dir guttun. Wähle aus den folgenden Ideen ein paar Aktivitäten aus oder füge eigene hinzu, um deinen Tag so zu gestalten, wie du möchtest. Lass es dir gutgehen!

- HANDY-DETOX (SCHALTE DAS HANDY AUF FLUGMODUS UND GENIEẞE DIE RUHE!)
- KOCHEN (LASS DICH VON DEN REZEPTEN IN DIESEM BUCH INSPIRIEREN UND GÖNNE DIR EIN TOLLES ESSEN.)
- LESEN
- SPAZIEREN GEHEN
- EIN BAD NEHMEN (ZÜNDE EIN PAAR KERZEN AN UND HÖRE STIMMUNGSVOLLE MUSIK.)
- SERIEN-MARATHON
- LIEBLINGSFILM REWATCHEN
- KAFFEETRINKEN GEHEN
- SCHREIBEN (TAGEBUCH, DEIN EIGENES BUCH, GEDICHTE ETC.)
- GESICHTS-, HAND- UND FUẞMASKE (INSPIRATION FINDEST DU AUF SEITE 150!)
- NÄGEL LACKIEREN
- TEE AUFGIEẞEN
- BASTELN (ZUM BEISPIEL DIE DIY-IDEEN AUF SEITE 166 + 186)
- YOGA (EIN PAAR ÜBUNGEN FINDEST DU AUF SEITE 168. VIEL SPAẞ!)
- ZOCKEN

Meine EIGENEN Ideen für meinen Self-Care-Day:

- ……………………………………………
- ……………………………………………
- ……………………………………………
- ……………………………………………
- ……………………………………………
- ……………………………………………

HIMBEER-BLITZEIS

Kennst du das auch? Plötzlich überkommt dich die Lust auf Eis – es ist aber keins im Kühlfach ... Stattdessen findest du dort nur gefrorene Himbeeren. Fantastisch! Die brauchst du nämlich für dieses superleckere easy-peasy Blitzeis!

FÜR 4 PORTIONEN BRAUCHST DU:

- 400 GR HIMBEEREN (TIEFGEKÜHLT)
- 200 GR SAHNEJOGHURT
- 1 PÄCKCHEN BOURBON-VANILLEZUCKER
- 3 EL PUDERZUCKER

GESAMTZEIT – ca. 15 Minuten | SCHWIERIGKEIT – einfach

Schritt 1: HIMBEEREN CA. 10 MINUTEN ANTAUEN LASSEN. DANN MIT SAHNEJOGHURT, VANILLEZUCKER UND PUDERZUCKER IM MIXER ODER IN EINEM HOHEN RÜHRBECHER MIT DEM PÜRIERSTAB FEIN PÜRIEREN.

Schritt 2: DAS BLITZEIS SOFORT IN SCHÄLCHEN ODER WAFFELHÖRNCHEN GEBEN UND SERVIEREN.

Fertig!

LISTENLIEBE

Listen sind eine super Möglichkeit, um Gedanken, Wünsche, Ziele und Lieblingsdinge zu visualisieren und festzuhalten. Und wenn du sie dir später wieder ansiehst, kannst du dich in der Zeit zurückbeamen und in Erinnerungen schwelgen. Wer weiß, vielleicht hat sich dein Geschmack total verändert?!

MEINE LieblingsBÜCHER

MEIN All-Time-Favourite-BUCH:

....

DAS BESTE Herzschmerz-BUCH,
WELCHES MICH ZUM WEINEN
BRINGT: ....

....

MEIN LIEBSTES BUCH,
WELCHES MICH IMMER WIEDER
ZUM Lachen BRINGT: ....

....

DAS *spannendste* BUCH, MIT DEN SCHLIMMSTEN *Cliffhangern*: ....

....

MEIN LIEBSTES *Wohlfühl*-BUCH, WELCHES MICH IMMER WIEDER LÄCHELN LÄSST: ....

....

DAS BUCH, WELCHES ICH AM MEISTEN *rereade*: ....

....

DAS *dickste* BUCH IN MEINEM BÜCHERREGAL: ....

....

DAS *dünnste* BUCH IN MEINEM BÜCHERREGAL: ....

....

DAS BUCH, WELCHES MICH AM MEISTEN ZUM *Nachdenken* ANGEREGT HAT: ....

....

MEINE LieblingsSERIEN UND -FILME

MEINE *All-Time-Favourite*-SERIE: ....

....

DIE *Binge-Watch*-SERIE: ....

....

DIE *romantischste* SERIE, DIE MEIN HERZ HÖHERSCHLAGEN LÄSST: ....

....

DER FILM, IN DEM ICH GERNE SELBST *Protagonist*in* WÄRE: ....

....

DIE SERIE MIT TOTAL *sympathischen* CHARAKTEREN: ....

....

DER FILM, DESSEN TITEL *mein Leben* AM BESTEN BESCHREIBT: ....

....

DER FILM MIT DEM BESTEN *Plottwist*: ....

....

DIE SERIE MIT DEM SCHÖNSTEN *Setting*: ....

....

DIE BESTE *Buch*VERFILMUNG: ....

....

DIE SERIE, DIE DEFINITIV *mehr Staffeln* BRAUCHT: ....

....

TU DEINER HAUT ETWAS GUTES!

DIY-GESICHTSMASKE UND -PEELING

In der Drogerie gibt es fertige Gesichtsmasken und -peelings in allen möglichen Ausführungen. Nicht selten enthalten diese aber Inhaltsstoffe, die du bestimmt nicht an deine Haut lassen möchtest – zum Beispiel Mikroplastik, Erdöl oder Konservierungsstoffe. Zum Glück kann man sich eine Maske oder ein Peeling ganz leicht selbst anrühren!

Übrigens: Beides kann helfen, die Poren zu reinigen und abgestorbene Hautpartikel zu entfernen. Die Haut wird dadurch nicht nur weicher, sondern kann auch pflegende Wirkstoffe besser aufnehmen! Super, oder?.

FÜR DAS **GESICHTSPEELING** BRAUCHST DU:

- 2 EL MOHN/HAFERFLOCKEN/KAFFEESATZ
- 2 EL OLIVENÖL

♡ FÜR DAS PEELING MOHN, HAFERFLOCKEN ODER KAFFEESATZ MIT OLIVENÖL VERRÜHREN.

♡ DIE MISCHUNG SANFT EINMASSIEREN, DANACH ABSPÜLEN.

FÜR DIE GESICHTSMASKE BRAUCHST DU:

2 EL HEILERDE
WARMES WASSER

- HEILERDE MIT WARMEM WASSER VERMISCHEN, BIS EIN DICKER BREI ENTSTEHT.
- DIE MASKE MIT SAUBEREN FINGERN ODER EINEM PINSEL AUF DAS GESICHT AUFTRAGEN.
- WENN SIE GANZ GETROCKNET IST, DIE MASKE MIT LAUWARMEM WASSER WIEDER ABSPÜLEN.
- DANACH PFLEGST DU DEINE HAUT AM BESTEN MIT FEUCHTIGKEITSSPENDENDER CREME ODER EINEM ALOE-VERA-GEL.

TIPP:
BEIDE REZEPTE EIGNEN SICH AUCH SUPER FÜR EINEN GEMEINSAMEN BEAUTY-ABEND MIT FREUND*INNEN! SCHAU MAL AUF SEITE 182. DORT FINDEST DU WEITERE TIPPS FÜR EURE BESTIE-ZEIT.

ACHTSAMKEITSÜBUNGEN FÜR DIE KLEINE AUSZEIT VOM ALLTAG

Schule kann echt anstrengend sein – ach, was sag ich, das Leben als Teenager ist eigentlich immer anstrengend! Umso wichtiger, sich auch mal eine Auszeit zu gönnen. Hier findest du einige einfache Übungen, die dich dabei unterstützen können.

JUST *breathe* …

WUSSTEST DU, DASS DER ATEM UNSERE GEFÜHLSWELT BEEINFLUSSEN KANN? WENN DU DICH GESTRESST FÜHLST, HAST DU MIT DER BAUCHATMUNG IMMER EIN WERKZEUG BEI DIR, DAS DIR DABEI HELFEN KANN, DICH ZU ERDEN.

Achtung: FALLS DIR SCHWINDELIG WERDEN SOLLTE, LEG UNBEDINGT EINE PAUSE EIN!

BallonATMUNG

Leg oder setz dich bequem hin und platziere eine Hand auf deinem Bauch. Nun stell dir vor, in deinem Bauch befindet sich ein Luftballon, der sich bei jeder Einatmung füllt und gegen deine Handfläche drückt. Das hilft dir dabei, ganz bewusst in den Bauch zu atmen.

4-7-11-Methode

Für diese Übung solltest du dir eine Viertelstunde Zeit nehmen. Das Coole daran: Damit gaukelst du deinem Körper vor, dass du schläfst – obwohl du das gar nicht tust. Und so geht's:

- Atme gleichmäßig in den Bauch ein und zähle dabei innerlich bis 4 (denk an den Luftballon 😊). Dann atme langsam wieder aus und zähle wieder bis 4, bis die ganze Luft aus deinem Körper geströmt ist.
- Wenn dein Körper sich an diese Atemtechnik gewöhnt hat, kannst du langsam steigern: Zähle beim Ein- und Ausatmen erst bis 5, dann bis 6.
- Die letzte Stufe sieht so aus: Du zählst beim Einatmen bis 4, beim Ausatmen bis 7 – und das Ganze machst du dann für mindestens 11 Minuten: 4-7-11

Körper- ODER FantasieREISE

HATTEST DU EINEN STRESSIGEN TAG UND WÄRST GERADE EIGENTLICH LIEBER GANZ WOANDERS? DANN KANNST DU ENTWEDER IN EIN SPANNENDES BUCH ODER HÖRBUCH ABTAUCHEN – ODER DU BEGIBST DICH AUF DEINE GANZ PERSÖNLICHE GEDANKENREISE. MACH'S DIR BEQUEM, ENTWEDER IM LIEGEN ODER IM SITZEN, UND SCHLIEß DIE AUGEN …

Übrigens: Unser Gehirn lässt sich gerne ablenken. Wundere dich also nicht, wenn deine Körper- oder Fantasiereise durch andere Gedanken unterbrochen wird. Das ist nicht schlimm – du kannst jederzeit an deinen Lieblingsort zurückkehren.

TIPP:
AUF YOUTUBE FINDEST DU VIELE VIDEOS ZUM THEMA FANTASIEREISE!

KörperREISE

Stell dir einen Ball aus warmem, goldenem Licht vor. Lass ihn nun in Gedanken über deinen Körper schweben – über die Zehen, deinen Fuß, das Knie, Oberschenkel, dein Becken, den Bauch und so weiter. Atme ruhig und gleichmäßig, während du dich voll und ganz auf den Ball und die Wärme, die er auf deinen Körper abstrahlt, konzentrierst. Es macht überhaupt nichts, wenn deine Gedanken abdriften. Leite deine Aufmerksamkeit dann einfach sanft zurück auf deinen Körper, bis das warme, goldene Licht dich ganz umhüllt.

FantasieREISE

Atme gleichmäßig in den Bauch und nimm wahr, wie dein Körper bei jedem Atemzug entspannter wird. Wenn du bereit bist, stell dir einen Ort vor, der für dich angenehm ist und wo du dich wohlfühlst. Das kann zum Beispiel draußen in der Natur sein oder in einem Zimmer, wo du dich entspannen kannst. Vielleicht findest du dich im Wald auf einer Lichtung wieder? Die Sonne glitzert durch die Blätter der Bäume. Unter deinen nackten Füßen spürst du den feuchten Waldboden. Lass deinen Blick schweifen. Was siehst du? Hörst du die Vögel zwitschern oder einen Bach plätschern? Riechst du etwas Besonderes? Viel Spaß bei diesem Ausflug an deinen ganz persönlichen Wohlfühlort!

SEI EIN *Berg*

VIELLEICHT HAST DU SCHON MAL VON DER BERGMEDITATION GEHÖRT? SIE EIGNET SICH BESONDERS BEI STREIT UND NEGATIVEN GEDANKEN.

Setz dich dazu mit geradem Rücken auf einen Stuhl und mach die Augen zu. Nun stelle dir vor, du wärst ein großer Berg. Hast du einen oder mehrere Gipfel, dichte Wälder und grüne Wiesen, durch die sich Wanderwege oder ein Bach schlängeln? Spürst du, wie fest du mit der Erde verwurzelt bist? Unerschütterlich trotzt du dem Wetter bei jeder Jahreszeit. Dabei verändert sich nicht nur deine Umgebung, sondern auch dein Äußeres: Mal liegt auf deinen Hängen Schnee. Mal reißen Stürme die Bäume, die auf dir wachsen, aus deiner Erde. Mal bist du übersät von einem Blütenmeer.
Doch ein Berg bleibt immer ein Berg. Stark und standfest.

Schokoladen-MOMENT

HAT HIER JEMAND SCHOKOLADE GESAGT? GANZ GENAU! FÜR DIESE 5-MINUTEN-ÜBUNG BRAUCHST DU EIN STÜCKCHEN DEINER LIEBLINGSSÜßIGKEIT – AM BESTEN EINE, DIE DU LANGSAM LUTSCHEN ODER ZERKAUEN KANNST. BEI DIESER MEDITATION GEHT ES DARUM, UNSERE AUFMERKSAMKEIT ZU BÜNDELN UND IM MOMENT ZU SEIN.

Sehen: *Als Erstes schaust du dir die Schokolade genau an. Nimm ihre Form und die Farbe wahr. Hat sie Abbruchkanten oder eine Maserung?*
Riechen: *Du kannst nun gerne die Augen schließen. Schnuppere an der Schokolade, und nimm jeden noch so kleinen Geruch wahr. Na, läuft dir schon das Wasser im Mund zusammen?*
Spüren: *Leg die Süßigkeit auf deine Zunge und spüre ihr Gewicht. Irgendwann wirst du merken, wie sich der Geschmack ausbreitet und wie sich die Schokolade langsam auflöst.*
Lutschen/Kauen: *Darauf hast du gewartet, oder? Kau aber nicht einfach so drauflos, sondern lass die Schokolade bewusst über deine Zunge gleiten. Platziere sie dann so, dass du zielgenau hineinbeißen kannst. Achte auf den Geschmack und wie sich die Konsistenz verändert.*
Nachspüren: *Wie fühlt sich dein Mund an? Wie war es für dich, deine Lieblingssüßigkeit so langsam zu essen? Hattest du mit Langeweile oder Ungeduld zu kämpfen? Konntest du die Schokolade vielleicht so noch mehr genießen als sonst?*

MANDALA

Du denkst jetzt vielleicht, dass du aus dem Alter für Mandalas eigentlich raus bist. Aber glaub mir: Dafür ist man nie zu alt! Probier's doch mal aus, und schnapp dir deine Buntstifte. Keine Sorge, dein Bild muss nicht perfekt werden. Es geht lediglich darum, ganz im Moment zu sein. Lass deinen Gedanken freien Lauf, und wähle intuitiv die Farben, die dich gerade ansprechen. Wenn du magst, kannst du dazu auch deine Lieblingsmusik im Hintergrund laufen lassen.

MIT BUCKETLISTS DURCH'S GANZE JAHR

Es gibt viele Möglichkeiten, sich selbst etwas Gutes zu tun. Schreib auf, womit du dir selbst eine Freude machen kannst. Eine super Inspiration für zwischendurch, gegen Langeweile – und für Tage, an denen du eine kleine Aufheiterung gebrauchen kannst.

Time to Check!

Sommer

Was steht im Sommer an? Eis selbst machen?
In den See springen? Erdbeeren pflücken?

TIME to CHECK!

Herbst

Worauf hast du im Herbst Lust? Kürbissuppe? Herbstspaziergang? Bunte Blätter trocknen?

TIME TO CHECK!

Winter

Was möchtest du im Winter unternehmen?
Kakao trinken? Ein neues Lieblingsbuch finden?
Endlich wieder ins Kino gehen?

MIX IT, BABY!
ERFRISCHENDE MISCHGETRÄNKE

Diese Drinks eignen sich perfekt für einen warmen Sommerabend mit Freund*innen. Sie sind schnell fertig – und machen im Glas richtig was her! Auch für die nächste Party mehr als geeignet.

WILD BERRY DREAM

DU BRAUCHST FÜR 1 GLAS:

200 ML LIMONADE WILD BERRY
20 ML MINERALWASSER
2 EL BEEREN (Z. B. HIMBEEREN)
MINZBLÄTTER ZUM GARNIEREN
OPTIONAL EISWÜRFEL

HUGO (alkoholfrei)

DU BRAUCHST FÜR 1 GLAS:

100 ML GINGER ALE
20 ML HOLUNDERBLÜTENSIRUP
100 ML MINERALWASSER
EINEN MINZZWEIG
OPTIONAL EISWÜRFEL

HAUCHE GRAUEN STEINEN BUNTES LEBEN EIN!

Du willst eine schöne Sommerdeko, brauchst einen Glücksbringer für die nächste Klassenarbeit oder bist noch auf der Suche nach einem persönlichen Geschenk für deine Eltern / deine Freund*innen? Dann ist diese süße DIY-Idee vielleicht etwas für dich!

DAS BRAUCHST DU:

- FLACHE STEINE
- LACKMARKER IN VERSCHIEDENEN FARBEN

DU MUSST KEIN*E KÜNSTLER*IN SEIN, UM EIN TOLLES ERGEBNIS ZU KREIEREN. BEMALE DIE STEINE MIT EINEM ABSTRAKTEN MUSTER UND BUNTEN BLUMEN. ODER ENTSCHEIDE DICH FÜR EIN SPRICHWORT, DEIN LEBENSMOTTO ODER EINEN SATZ AUS DEINEM LIEBLINGSBUCH! DEINER KREATIVITÄT SIND KEINE GRENZEN GESETZT.

Viel Spaß!

LEBENSWEISHEIT VON JULI (oder war es doch Goethe?):

AUCH AUS Steinen, DIE EINEM IN DEN Weg GELEGT WERDEN, KANN MAN ETWAS Schönes BASTELN.

OMMMMM … YOGA!

Hast du schon mal Yoga ausprobiert? Nein? Dann wird es höchste Zeit! Diese drei Klassiker machen Spaß und tun gut. Versprochen.

DER Baum

1. STEHE MIT BEIDEN FÜẞEN FEST AUF DEM BODEN.
2. VERLAGERE DAS GEWICHT AUF DEIN RECHTES BEIN, LÖSE DEN LINKEN FUẞ VOM BODEN UND BRINGE DIE FERSE AN DIE INNENSEITE DEINES RECHTEN OBERSCHENKELS.
3. STRECKE DIE ARME NACH OBEN AUS – DEINE HANDFLÄCHEN BERÜHREN SICH.
4. HALTE DIE POSITION ETWA EINE MINUTE.
5. JETZT IST DIE ANDERE SEITE DRAN!

TIPP:
AUF YOUTUBE GIBT ES ZAHLREICHE YOGA-VIDEOS – EGAL, OB DU ANFÄNGER*IN ODER PROFI BIST!

DER *Krieger* / DIE *Kriegerin*

1. STRECKE DEINE ARME SEITLICH AUS, GRÄTSCHE DEINE BEINE UND DREHE DEN LINKEN FUß NACH AUßEN.
2. BEUGE DAS LINKE BEIN UND DRÜCKE DEN RECHTEN FUß IN DEN BODEN.
3. HALTE DAS LINKE KNIE AUF HÖHE DEINER FERSE. STRECKE DEN RÜCKEN GERADE UND SPANNE DEINEN GESAMTEN KÖRPER AN.
4. HALTE DIE POSITION ETWA 30 SEKUNDEN.
5. SEITENWECHSEL!

DIE *Kobra*

1. LEGE DICH AUF DEN BAUCH.
2. DEINE BEINE LIEGEN ENG ZUSAMMEN, DEINE FERSEN BERÜHREN SICH.
3. LEGE DEINE UNTERARME FEST AUF DEN BODEN UND HEBE KOPF UND OBERKÖRPER AN.
4. BRINGE ABSTAND ZWISCHEN DEINE SCHULTERN UND DEINE OHREN.
5. HALTE DIE POSITION ETWA EINE MINUTE.

DOODLESCHULE

MAL DOCH MAL WAS!

Mit einem Stift in der Hand kann man den Gedanken freien Lauf lassen …
Also: Worauf wartest du?
Diese Doodles zum Nach- und Ausmalen machen nicht nur Spaß, sie eignen sich auch perfekt zum Verzieren von Hausaufgabenheften, Ordnern, Postkarten oder deines Dankbarkeitstagebuchs.
(Blätter dazu doch mal auf Seite 140!)

bunt oder mit Doodle-Linien – macht beides Spaß!

Tall & handsome!

Durch dick und dünn

doppelt gemoppelt

romantisch geschwungen

Bist du verliebt? Mach den Test!

Bin ich die Einzige, die ihre Gefühle für ein verwirrendes Mysterium hält? Ich war doch so sicher, dass ich in Nils verliebt bin … und dass Vincent nur ein guter Freund ist! Hilfe! Tja, manchmal erkennt man die Liebe nicht, obwohl sie direkt vor unserer Nase auf uns wartet.

Er/Sie fragt dich immer, wie dein Tag war, und hört dir aufmerksam zu, wenn du davon erzählst.

JA NEIN

Du denkst jeden Tag an ihn/sie.

JA NEIN

Wenn ihr zusammen ins Kino geht, möchte er/sie dir die Wahl des Films überlassen.

JA NEIN

Wenn du eine Nachricht von ihm/ihr erhältst, musst du lächeln.

JA NEIN

*Er/Sie hat kein Problem damit, wenn du dich alleine mit deinen Freund*innen triffst.*

JA NEIN

Du bist freudig nervös, wenn du dich mit ihm/ihr triffst.

JA NEIN

Er/Sie bietet seine/ihre Hilfe an, wenn du sie brauchst.

JA NEIN

Du lässt dich von seinen/ihren Interessen anstecken.

ja nein

Er/Sie möchte Zeit mit dir verbringen.

JA NEIN

Du kannst das nächste Treffen mit ihm/ihr gar nicht abwarten.

JA NEIN

Er/Sie ist einfühlsam und verständnisvoll, auch wenn du dich in einer Situation befindest, die er nicht kennt bzw. noch nie erlebt hat.

JA NEIN

Wenn ihr euch trefft, fühlst du dich wie in einer Zeitkapsel – am liebsten würdest du die Zeit anhalten können!

JA NEIN

Ihr habt den selben Humor und bringt euch zum Lachen.

JA NEIN

Vielleicht habt ihr unterschiedliche Hobbys, aber wenn es um Deep Talk geht, seid ihr auf einer Wellenlänge.

JA NEIN

Du antwortest auf seine/ihre Nachrichten immer sofort!

JA NEIN

MIT 7 FLIRT-TIPPS AUF WOLKE 7

Schmetterlinge im Bauch, Herzklopfen bis zum Hals – und das Gefühl, nichts mehr im Griff zu haben. Das alles gehört zum Flirten dazu! Nicht selten benimmt man sich vielleicht auch etwas unbeholfen. Aber weißt du was? Das macht überhaupt nichts! Und damit kommen wir auch schon zu Punkt 1 der ultimativen Flirt-Tipps-Liste.

1. SEI DU SELBST!

Ganz genau – du hast richtig gelesen. Du musst dich nicht verstellen, um total cool zu wirken. Schließlich möchtest du beim Flirten deinem Schwarm näherkommen, damit ihr euch kennenlernen könnt, nicht wahr? Was bringt es, wenn du ihm oder ihr etwas vorspielst? Auch wenn du jemanden ganz toll findest, heißt das nicht, dass eure Meinungen immer übereinstimmen müssen oder dass du über jeden Witz lauthals lachen musst. Vertrau auf dein Gefühl, und sei du selbst. So findest du am schnellsten heraus, ob der Vibe zwischen euch stimmt. Und wenn die andere Person nicht auf dich steht? Dann ist sie vielleicht einfach nicht die Richtige. Bitte respektiere und akzeptiere ein Nein (auch wenn's wehtut ...).

2. OHNE RESPEKT GEHT ES NICHT

Am besten horchst du mal in dich hinein, wie du selbst gern angesprochen werden würdest – oder was für dich gar nicht geht. Dazu zählt übrigens auch Catcalling – also z. B. anzügliches Hinterherrufen, Anstarren oder Pfeifen. Behandle dein Gegenüber so, wie du es dir im Gegenzug auch wünschen würdest.

3.

WAS PASSIERT, WENN'S MAL PEINLICH WIRD?

Du hast etwas Bescheuertes gesagt oder eine Abfuhr kassiert? Shit happens! Sei stolz auf dich, dass du dich getraut hast, deinen Schwarm anzusprechen. Du hast dich verwundbar gemacht – und das war mutig. Vielleicht nimmst du aus dieser Erfahrung fürs nächste Mal etwas Wertvolles mit.

4.

QUIT PLAYING GAMES WITH MY HEART

Sei ehrlich zu dir – und zu deinem Gegenüber. Sich zu verlieben kann das großartigste Gefühl der Welt sein. Aber Gefühle machen uns auch verwundbar. Spiel also nicht mit denen von jemand anderem.

5.

STYLING, MAKE-UP UND KLAMOTTEN? FRAGEN ÜBER FRAGEN …

Dieser Tipp ist denkbar einfach: Trag das und style dich so, wie du dich am wohlsten fühlst! Denn was bringt es, dich in ein Outfit zu werfen, das zwar toll aussieht, in dem du dich aber so gar nicht wie du selbst fühlst? Wenn du dich generell gerne schminkst: Go for it! Wenn das aber so gar nicht dein Ding ist, ist das genauso okay. Es zählt nur, dass du dir gefällst!

6. MACH DEN ERSTEN SCHRITT, WENN DU DICH DANACH FÜHLST

Du hast bestimmt schon mal gelesen, dass Jungs auf jeden Fall den ersten Schritt machen sollten, oder? Opa und Oma lassen grüßen – die Regel ist so was von veraltet. Den ersten Schritt darf machen, wer die Lust und den Mut dazu hat!

7. DEN ULTIMATIVEN *Universaltipp* GIBT ES NICHT

Menschen sind verschieden – und genauso unterschiedlich kann Flirten ablaufen! Versuche, dich auf dein Gegenüber einzustellen und sie oder ihn kennenzulernen. Du wirst sehen, dann klappt das Flirten fast wie von selbst. Go with the flow!

DAS PERFEKTE 1. DATE

Warst du schon mal auf einem Date? Und warst du dabei genauso aufgeregt wie ich?! Aber jetzt mal im Ernst: Denk immer daran, dass dein Gegenüber auch extrem nervös ist – manche können es richtig gut überspielen, manche hingegen weniger. Beides ist völlig okay! Hier habe ich drei Tipps gesammelt, die ich vor meinem 1. Date gerne gewusst hätte:

- *Bist du eher schüchtern, dann ist ein Kinobesuch eine gute Wahl. Teilt euch Popcorn oder Nachos – so seid ihr euch nahe, ohne euch zu unterhalten. Im Anschluss daran habt ihr bei einem Spaziergang oder Essen gleich ein Gesprächsthema: den Film. Bist du eher offen, so macht es hingegen Sinn, eine Aktivität zu wählen, bei der ihr euch viel unterhalten und kennenlernen könnt. Ein Tag am See mit Bootsfahrt und Eis? Ein Besuch auf dem Weihnachtsmarkt oder ganz klassisch in einem Café?*

- *Ziehe deine Lieblingsklamotten an und style deine Haare so, wie du sie am liebsten trägst. Nur wenn du dich in deiner Haut wohlfühlst, kannst du das Date genießen.*

- *Überlege dir vorab Gesprächsthemen bzw. Dinge, die du ihn/sie fragen willst. So entwickelt sich wie von selbst ein Gespräch, und es wird keine »peinliche« Stille entstehen. Aber denk dran: Zu einem Gespräch gehören immer zwei – du bist nicht allein dafür verantwortlich, die Unterhaltung am Laufen zu halten!*

JETZT BIST *du* DRAN! *Plane* DEIN *1. Date!*

LOCATION:

Outfit:

GESPRÄCHSTHEMEN BZW. Fragen:

MUT-MACH-PLAYLIST

DU BRAUCHST EINE PORTION *Mut* UND *Selbstbewusstsein!*

DANN DREH DIE LAUTSPRECHER AUF!

- RISE – *Katy Perry*
- I AM WHAT I AM – *Emma Muscat*
- READY NOW – *Amistat*
- SHAKE IT OFF – *Taylor Swift*
- OUTRO – *M83*
- WHAT MAKES YOU BEAUTIFUL – *One Direction*
- GELERNT – *Käptn Peng & Die Tentakel von Delphi*
- WILD + FREE – *Lena*
- BRAVE – *Sara Bareilles*
- ELASTIC HEART – *Sia*
- HOW BIG, HOW BLUE, HOW BEAUTIFUL – *Florence + the Machine*

Meine ENERGY-Hits

♪ ……………………………………………

♫ ……………………………………………

♪ ……………………………………………

♫ ……………………………………………

♪ ……………………………………………

♫ ……………………………………………

♪ ……………………………………………

♫ ……………………………………………

♪ ……………………………………………

♫ ……………………………………………

FRIENDS-TIME! PLANE EINEN ABEND MIT DEINEN BESTIES

Ich liebe es, Zeit mit meinen besten Freund*innen zu verbringen! Es geht nichts über gemeinsames Soulfood-Kochen, Serienmarathons und Deep Talk. Obwohl ich froh bin, wenn Elif kocht, und wir nicht auf meine »Kochkünste« angewiesen sind *hust* …

WANN? ……………………………………………………………

WO? ……………………………………………………………

WER IST EINGELADEN? ……………………………………………………………

……………………………………………………………

……………………………………………………………

……………………………………………………………

Was gibt's zum Essen?

WAS GIBT'S ZUM TRINKEN?

WER BRINGT WAS MIT?

WELCHE/N *Film/e* SCHAUEN WIR AN?

WELCHE *Spiele* SPIELEN/ZOCKEN WIR?

KÜRBISPESTO

Was wäre der Herbst ohne seinen Kürbis?! Aber es muss nicht immer nur die Kürbissuppe sein, die einen stimmungsvollen Herbstnachmittag zaubert!

TIPP:
DAS PESTO SCHMECKT NICHT NUR ZU PASTA – AUCH ALS BROTAUFSTRICH ODER DIP FÜR GEMÜSE IST ES SUPERLECKER!

DIESE ZUTATEN BRAUCHST DU:

300 GR HOKKAIDO-KÜRBIS
2 EL PFLANZENÖL
60 GR KÜRBISKERNE
80 GR PARMESAN
2 ZEHEN KNOBLAUCH
200 ML OLIVENÖL
SALZ
PFEFFER

DIESE UTENSILIEN BENÖTIGST DU:
KÄSEREIBE + PÜRIERSTAB

GESAMTZEIT – ca. 20–30 Minuten | SCHWIERIGKEIT – einfach

Schritt 1: KÜRBIS WASCHEN, DIE KERNE ENTFERNEN UND DEN KÜRBIS IN WÜRFEL SCHNEIDEN. ÖL IN EINER PFANNE ERHITZEN UND KÜRBIS DARIN CA. 10 MINUTEN BEI SCHWACHER HITZE BRATEN.

Schritt 2: KÜRBISKERNE IN EINER PFANNE OHNE FETT RÖSTEN. PARMESAN REIBEN, KNOBLAUCH SCHÄLEN UND GROB WÜRFELN. KNOBLAUCH KURZ VOR ENDE DER GARZEIT DES KÜRBIS KURZ MITBRATEN.

Schritt 3: KÜRBIS UND KNOBLAUCH, KÜRBISKERNE UND PARMESAN ZUSAMMEN MIT ÖL IN EINEN HOHEN RÜHRBECHER GEBEN UND MIT DEM PÜRIERSTAB ZU EINEM CREMIGEN PESTO PÜRIEREN. MIT SALZ UND PFEFFER ABSCHMECKEN.

Fertig!

BATIK-DIY

BRING FARBE IN DEINEN KLEIDERSCHRANK

Kennst du das auch? Manchmal steht man vorm Kleiderschrank, und kein Outfit fühlt sich richtig an. Dann ist das hier vielleicht deine Lösung! Schnapp dir ein schlichtes Shirt und zaubere daraus dein ganz persönliches neues Lieblingsoberteil.

DAS BRAUCHST DU:

* EIN HELLES T-SHIRT ODER ANDERES KLEIDUNGSSTÜCK AUS LEINEN, BAUMWOLLE ODER EINEM ANDEREN NATURMATERIAL (AM BESTEN GEWASCHEN, ABER OHNE WEICHSPÜLER!)
* GUMMIBÄNDER ODER JUTEGARN
* TEXTILFARBE IN EINER ODER MEHREREN FARBEN
* EINWEGHANDSCHUHE

TIPP:
IM INTERNET GIBT ES VIELE ANLEITUNGEN ZU VERSCHIEDENEN KNOTENTECHNIKEN + ZUM BATIKEN MIT MEHR ALS EINER FARBE!

SO GEHST DU VOR:

- UMWICKLE EINZELNE PARTIEN DEINES KLEIDUNGSSTÜCKS FEST MIT GUMMIBÄNDERN. DIESER SCHRITT IST SUPERWICHTIG! DENN WENN DIE FARBE UNTER DIE BÄNDER LÄUFT ODER SICH DIE SCHNÜRUNG IM WASSER LÖST, IST DEIN KLEIDUNGSSTÜCK AM ENDE EINFARBIG UND NICHT SCHÖN GEMUSTERT.

- FÜLLE EINEN EIMER MIT HEIßEM (ABER NICHT KOCHENDEM) WASSER – DU BRAUCHST SO VIEL, DASS DEIN KLEIDUNGSSTÜCK SPÄTER KOMPLETT BEDECKT IST. GIB DAS FARBPULVER DAZU UND RÜHRE DAS GEMISCH GUT UM.

- BADE DAS KLEIDUNGSSTÜCK FÜR ETWA EINE STUNDE. JE LÄNGER DU ES IM WASSER LÄSST, DESTO INTENSIVER WIRD DAS FARBERGEBNIS.

- BEFREIE DANACH DAS KLEIDUNGSSTÜCK VON DEN GUMMIBÄNDERN UND WASCHE ES GUT AUS. SO LANGE BIS DAS WASSER KLAR IST.

- JETZT MUSST DU ES NUR NOCH TROCKNEN LASSEN. UND VOILÀ! SCHON HAST DU EIN COOLES NEUES OUTFIT. SUPER INDIVIDUELL UND SELBST GEMACHT 😊

*Pssst ... DIESES DIY BRINGT zusammen MIT FREUND*INNEN doppelt SO VIEL Spaß!*

PLANE EINE MOTTO-PARTY

Halloween, Karneval oder eine Geburtstagsfeier mit deinem ganz persönlichen Lieblingsthema – das sind die perfekten Gelegenheiten, um sich zu verkleiden und gemeinsam mit Freund*innen Spaß zu haben. Mit einer Planungsliste steigerst du die Vorfreude auf den großen Tag – und behältst ganz nebenbei den Überblick.

WANN? ....

WO? ....

WER IST EINGELADEN? ....

....

....

....

WER HILFT BEI DEN VORBEREITUNGEN? ....

....

....

TIPP:
AUF SEITE 192 FINDEST DU GRUSELIG-LECKERE REZEPTE FÜR EINE GELUNGENE HALLOWEEN-PARTY. UND AUF SEITE 164 VERRATE ICH DIR MEINE ZWEI LIEBSTEN MIX-GETRÄNKE, DIE JEDE PARTY AUFPEPPEN – EGAL ZU WELCHER JAHRESZEIT.

WIE GESTALTE ICH DIE *Dekoration*?

- ★ ....
- ★ ....
- ★ ....
- ★ ....
- ★ ....
- ★ ....
- ★ ....
- ★ ....
- ★ ....
- ★ ....

WAS GIBT'S ZUM ESSEN?

WAS GIBT'S ZUM TRINKEN?

WAS FÜR EIN *Kostüm* WERDE ICH TRAGEN?

SONGS FÜR DIE PARTY-PLAYLIST

.... von ....

.... von ....

.... von ....

.... von ....

.... von ....

.... von ....

WER BIN ICH?
DAS PERFEKTE PARTYSPIEL

Tanzen bis zum Abwinken? Ein bisschen Abwechslung kann trotzdem nicht schaden! Dieses Partyspiel könnt ihr so kurz oder lang spielen, wie ihr wollt. Und für gute Laune und Ratespaß sorgt es allemal!

DAS BRAUCHST DU:

- 1 KLEBEZETTEL PRO PERSON
- STIFTE

Harry Styles

Cookie monster

SO GEHT'S:

ALLE MITSPIELER*INNEN ÜBERLEGEN SICH EINE BEKANNTE FIGUR ODER PERSON UND SCHREIBEN DEN JEWEILIGEN NAMEN VERDECKT AUF EINEN KLEBEZETTEL. DIESEN KLEBT MAN DANN DER PERSON AN DIE STIRN, DIE NEBEN EINEM SITZT. UND SCHON KANN'S LOSGEHEN!

ES DÜRFEN NUR FRAGEN GESTELLT WERDEN, DIE MIT JA ODER NEIN BEANTWORTET WERDEN KÖNNEN. ZUM BEISPIEL: »BIN ICH EIN*E MUSIKER*IN?« LAUTET DIE ANTWORT JA, DANN DARF MAN WEITERRATEN. IST DIE ANTWORT NEIN, DANN KOMMT DIE NÄCHSTE PERSON DRAN UND DARF EINE FRAGE IN DIE RUNDE STELLEN.

WER DEN GESUCHTEN NAMEN ALS ERSTES ERRATEN HAT, GEWINNT. DER REST DER RUNDE KANN WEITERSPIELEN, BIS ALLE NAMEN AUFGEDECKT SIND.

TIPP:
SUCH DIR EINEN NAMEN AUS, DEN DEINE FREUND*INNEN AUF JEDEN FALL KENNEN. ES BRINGT NICHTS, EINEN CHARACTER AUS DEINEM LIEBLINGS-GAME AUFZUSCHREIBEN, WENN NIEMAND AUßER DIR ES ZOCKT!

GRUSELIGE HALLOWEEN-SNACKS

Unsere Halloween-Party war ein voller Erfolg! Das lag unter anderem auch an den perfekt ausgewählten Snacks, die alle mitgebracht haben. Hier findest du meine drei persönlichen Favourites:

GRUSEL-Paprika

SCHNEIDE DAS OBERE VIERTEL DER PAPRIKA AB, UND ENTFERNE DAS KERNGEHÄUSE. DANACH RITZT DU – WIE BEI EINEM KÜRBIS – EIN GESICHT IN DIE PAPRIKA. JETZT KANNST DU DIE PAPRIKA MIT GEMÜSESTICKS FÜLLEN: MIT DER RESTLICHEN PAPRIKA, GURKE, KAROTTE ETC.

TIPP:
SERVIERE DAZU DAS KÜRBISPESTO! DAS REZEPT FINDEST DU AUF SEITE 184.

SARG-Sandwiches

BELEGE DIE UNTERE TOASTSCHEIBE, WIE DU MÖCHTEST: Z. B. MIT HUMMUS UND EI, TOMATE UND MOZZARELLA ODER MIT SCHINKEN UND KÄSE. DANACH KLAPPST DU DEN TOAST ZU UND SCHNEIDEST IHN IN EINE SARGFORM. MIT LEBENSMITTELFARBE MALST DU NOCH EIN KREUZ AUF DIE OBERE SEITE DES SARGS – FERTIG!

KLEINES QUIZ FÜR DIE GRAUEN ZELLEN

Na, findest du alle 24 Begriffe in diesem Buchstabensalat? Wenn du beim Lesen dieses Buchs gut aufgepasst hast, findest du sie sicher mit links

P A O I F R E U N D E R A Ü B N X S W Q U I O P T R A

G L W O L S X B O I F F R I E M D L E X S F E R I E N

O D T Y I K G T F P L N H N M G J P R Z C D H J K Z V

H J T B R F B K U K L L P G T S F V T F D S P M N B G

H A S H T A G G T R W D A T E X M Z S C H U L E D A W

J P O N E O J N H G B N R Z H G B G C H R N B N H G P

F K H N N D F H B X P O T K Ü P F H H P P T A B N M L

P I O I S O S P H A N D Y D L Ö Ü P Ä Y W E P T B L N

A N A Ö A Z U I J B N H Z U N F C N T G B R X C D F S

M O O V B Z J L I E B E P C D G T H Z C R R S C H P E

S C H I L L I X S C E V B D S E Ä B U J U I P N N M R

Ü S E L F C A R E A Z C H O T N M M N C X C W A S T I

M P I Q U A P M V U I X C H R T O Z G N A H T U R I E

K O C H E N B O F R E I S T U N D E W A Y T M Z T Ü M

N R O B H J I Z H N H C S D G R E W G N J K M P E I U

B T S C H M E T Z E U R L I N G A S M A T H E O S M P

L U V E M Ü N C H E N E S E M I N Q U A N K E T T P Ü

D A V O M P R U M A G A N T S H O P P E N G I R M I E

P M Ä D C K E N T R A X T M A K I E S W Q O N L I N E

Ü L [illegible] E B L I N G S M E N S C H P O P M P Z V P V O I

M I S E W A M U F A T I O N W I S U N G A C H Z A M E

BEGRIFFE:

1. ....
2. ....
3. ....
4. ....
5. ....
6. ....
7. ....
8. ....
9. ....
10. ....
11. ....
12. ....
13. ....
14. ....
15. ....
16. ....
17. ....
18. ....
19. ....
20. ....
21. ....
22. ....
23. ....
24. ....

Die Lösung findest du auf Seite 198.

ENTWEDER / ODER?

Kreise die Option ein, die dir als Erstes in den Sinn kommt 🙂

ARM, ABER GLÜCKLICH	REICH, ABER UNGLÜCKLICH
GROẞSTADT	LANDLEBEN
FILM	SERIE
ITALIENISCHES ESSEN	ASIATISCHES ESSEN
INSTAGRAM	TIKTOK
RADFAHREN	WANDERN
MUSIK	STILLE
POPCORN	NACHOS

SCHWIMMBAD — SEE

URLAUB IM NORDEN — URLAUB IM SÜDEN

SPONTAN — PLANEN

TAGTRÄUMEN — IM JETZT BLEIBEN

MATHE — DEUTSCH

HEIMATLIEBE — AUSWANDERN

DICKES BUCH — DÜNNES BUCH

SMALL TALK — DEEP TALK

ALLEINE SEIN — VON MENSCHEN UMGEBEN

MINIMALISMUS — MAXIMALISMUS

HUND — KATZE

OFFLINE — DIGITAL

LÖSUNGEN

KLEINES QUIZ FÜR DIE GRAUEN ZELLEN

```
P A O I F R E U N D E R A Ü B N X S W Q U I O P T R A
G L W O L S X B O I F F R I E M D L E X S F E R I E N
O D T Y I K G T F P L N H N M G J P R Z C D H J K Z V
H J T B R F B K U K L L P G T S F V T F D S P M N B G
H A S H T A G G T R W D A T E X M Z S C H U L E D A W
J P O N E O J N H G B N R Z H G B G C H R N B N H G P
F K H N N D F H B X P O T K Ü P F H H P P T A B N M L
P I O I S O S P H A N D Y D L Ö Ü P Ä Y W E P T B L N
A N A Ö A Z U I J B N H Z U N F C N T G B R X C D F S
M O O V B Z J L I E B E P C D G T H Z C R R S C H P E
S C H I L L I X S C E V B D S E Ä B U J U I P N N M R
Ü S E L F C A R E A Z C H O T N M M N C X C W A S T I
M P I Q U A P M V U I X C H R T O Z G N A H T U R I E
K O C H E N B O F R E I S T U N D E W A Y T M Z T Ü M
N R O B H J I Z H N H C S D G R E W G N J K M P E I U
B T S C H M E T Z E U R L I N G A S M A T H E O S M P
L U V E M Ü N C H E N E S E M I N Q U A N K E T T P Ü
D A V O M P R U M A G A N T S H O P P E N G I R M I E
P M Ä D C K E N T R A X T M A K I E S W Q O N L I N E
Ü L I E B L I N G S M E N S C H P O P M P Z V P V O I
M I S E W A M U F A T I O N W I S U N G A C H Z A M E
```

© Holger Borggrefe

GLORIA TRUTNAU *geb. 1992 in München, gewann mit ihrem Debüt, der Dystopie Left to Fate – Die Ausgesetzten, 2018 den Schreibwettbewerb von Tolino und Impress. Nach einer rechtlich geprägten Ausbildung arbeitet sie nun im Personalrecruiting. Inspiration für neue Geschichten holt sie sich im Alltag und auf vielen Reisen. Ihre Leidenschaft gilt neben dem Schreiben auch dem Film, der Astronomie und ganz viel Kuchen. Sie lebt in München.*

LAURA ROSENDORFER *lebt mit ihrem Mann und den beiden Töchtern in einem kleinen blauen Haus bei München. Nach einem Abstecher in die Amerikanische Literaturgeschichte studierte sie Kommunikationsdesign.*
Seit 2015 ist sie freie Illustratorin für verschiedene Unternehmen und Verlage. Wenn der Trubel zu groß und der Computerbildschirm zu hell wird, flüchtet sie nach draußen zu den Blumenbeeten. Da sitzt sie dann am liebsten mittendrin und zeichnet.

PLATZ für NOTIZEN

PLATZ für DOODLES

TIME to CHECK!

PLATZ für DEINE Checkliste

TIME to CHECK!

PLATZ für DOODLES

PLATZ für NOTIZEN

TIME to CHECK!

PLATZ für DEINE Checkliste

TIME to CHECK!